講談社文庫

うちの旦那が甘ちゃんで　9

神楽坂 淳

JN053636

講談社

目次

うちの旦那が甘ちゃんで 9

第一話　芸者と遊山船《ゆさんぶね》

しゅうっと。火吹きだるまが息を吐いた。火鉢の火を消さないための小道具で、中に水の入った金属のだるまだ。

火で温められると口から蒸気を吐いて火鉢の灰に空気を送る。

冬場の朝は火吹きだるまの活躍とともに始まると言っていい。

十二月に入ると、紅藤《くどう》家は普段に増して忙しくなる。何と言っても月也《つきや》は風烈廻方《ふうれつまわりかた》同心《どうしん》である。江戸の風が乾燥して火事を警戒する時期であった。

事件よりも見回りの方が重要になってくる。

それだけに普段より力のつく食事を心がけることになる。

そうは言っても家計との兼ね合いもあるので、贅沢《ぜいたく》ばかりは言っていられない。

冬といえばまずは蕪《かぶ》である。この辺《あた》りだと、品川《しながわ》か滝野川《たきのがわ》から運ばれてくる。里芋《さといも》ぐらいの大きさの小さな蕪が安くて美味《おい》しい。

小さな蕪は漬物には良いが、煮て食べるには大きさがやや足りない。なのですりおろして蕪汁を作るのが好きだった。

大根なら味噌汁《みそしる》にすることが多いのだが、蕪は醬油《しょうゆ》仕立てが美味しい。鰹節《かつおぶし》でしっかりと出汁《だし》を取った後に醬油を加え、茹《ゆ》でた里芋を入れて煮る。

そして最後に蕪をすりおろす。里芋も蕪も、両方とも少々土臭い。二つ合わさると何とも言えない野暮な味になる。

沙耶《さや》としては、野暮なところがとても好ましい。

そしてこの時期は何と言っても鯖《さば》である。鯖は年中美味しい魚だが、冬の真鯖はなににも代えがたい美味しさがある。

ぷりぷりとした身は脂《あぶら》が乗っていて、七輪《しちりん》で炙《あぶ》ると魚の身に火がついてしまう。皮にまで脂が回っているのである。煮てももちろん美味しいが、皮をぱりっとさせる焼き鯖の方が沙耶は好きだ。

鯖を焼きながら、沙耶は浅くぬか漬けにした大根を取り出した。これをすりおろして大根おろしを作ると、生の大根を使うのとは違う風味が出る。

少し酸味のある大根おろしはこの時期の鯖にはぴったりの薬味であった。

最後に湯豆腐を作る。冬の朝の湯豆腐は元気が出る。体も温まるし、なんとなく豊かな気持ちで一日を始めることができる。

沙耶は、料理を月也のもとに運んで行った。月也はすっかり腹が減っているらしく、待ちわびたという顔で沙耶を迎えた。

「お。鯖か」

月也が鼻をひくひくと動かした。

「いまは旬ですからね」

「湯豆腐もあるのか。なかなか幸せだな」

「たくさん食べて頑張りましょう。いよいよ師走《しわす》ですからね」

「そうだな。いい気持ちで年の瀬を迎えたいものだ」

言いながら、月也は熱い豆腐を飯の上に置いた。それから刻んだ鰹節、葱《ねぎ》、叩《たた》いた梅干しを載せていく。

そうして、口の中にわさっとかき込んだ。

「豆腐飯は旨《うま》いなあ」

そう言いながら、あっという間に一杯目を平らげてしまう。

「おかわり」

差し出された茶碗に大盛りに飯をよそう。

そうしてから自分でも食べることにした。

ぬか漬けの大根おろしに少しだけ醬油をかける。それから焼いた鯖の身と一緒に口に入れる。

大根の辛みは残っていないが、酸味がうまく鯖の脂を包み込んで旨みだけが口の中に入ってくる。

ここに飯を放り込むとまさに至福の味である。

蕪汁も、食べるとすりおろした蕪がとろとろとしている。里芋と一緒に絡みついている蕪を食べると、冬の寒さも忘れてしまう。

「今日も元気に働く気持ちになるな」

月也が嬉《うれ》しそうに言った。美味しく食べている月也の笑顔が一番のごちそうだ、と沙耶は心の中で思ったのだった。

家を出ると最初に向かうのは銭湯である。同心は清潔であった方がいいから、まずは体を清めに銭湯へ行く。

本来は小者《こもの》である沙耶は、月也の荷物を持って銭湯の入り口で待つものである。さらに言うなら同心の月也は女湯の方に入るのが習わしだ。

だが、月也は挟《はさ》み箱《ばこ》を番台に預けてしまって男湯に入る。そうして沙耶は女湯の方に入るのが習慣になっていた。

男湯に同心が入るとどうしても客に警戒されてしまう。女湯に入れば、耳をすまして情報を集めるということもできる。

しかし、月也は「ぼんくらの旦那」として人気があるので、男湯に入った方が都合が良いようだった。

女の方がどうしても入浴に時間がかかるので、沙耶としてはかなり手早く風呂に入る必要があった。

さっと服を脱いで風呂に入ると、夜鷹蕎麦《よたかそば》の清《きよ》が先に入っていた。

「こんな時間に珍しいですね」

沙耶が思わず声をかける。夜鷹蕎麦は深夜が仕事時間だ。なので銭湯が開く早朝は眠っていることが多い。

「そうなんだけどさ。最近朝帰りが多いんですよ」

「お蕎麦屋さんが朝帰りって、どういうことなの？」

遊びならともかく、仕事で朝帰りというのは不自然である。

「そういう仕事があるんですよ」

脇から、角寿司《かどずし》の喜久《きく》も声をかけてきた。

「喜久さんまで。一体どんな仕事なの」

「わたしたち、最近お座敷に呼ばれるんです」

「お座敷？　台屋《だいや》さんを呼ぶのではなくて？」

「台屋が出張って来れない場所にある座敷なんです」

「そんな場所があるの？」

台屋というのは、仕出し料理を届ける店である。脚のついた台に料理を載せて運ぶから台屋と呼ばれる。

江戸中どんな場所にも仕出しをする店はある。それに、夜鷹蕎麦や角寿司を呼び寄せる座敷などは聞いたこともなかった。

「それが、川の上なんですよ」

「川？」

「座敷を丸ごと船の上に積み込んで川の上で遊ぶんです。遊山船《ゆさんぶね》って言うんですよ。何と言っても川の上だから、何をやってもお上にばれないでしょう。だから最近物好きな金持ちがこぞって川の上で遊んでいるんです」

「そこに夜鷹蕎麦や角寿司なの？」

「金持ち連中は夜鷹蕎麦なんて食べたことないですからね。物珍しいらしくて。庶民ごっこを楽しんでいるんです」

「他にはどんな人が来ているの」

「芸者もいるし、遊女も来ていますよ。陰間《かげま》もいるし、何でもありという感じがしますね」

確かに川の上であれば、どんなことをしても咎《とが》められることはない。客の方も日常を忘れて気楽に遊べるのだろう。

「普通に屋台を引くよりもずっと稼《かせ》げるんですけどね。常連の顔を見ないとそれはそれで落ち着かないから、あまり船にべったりしないようにしようと思ってますよ」

そう言いながら、清は大きくあくびをした。

「音吉《おときち》さんも呼ばれてましたよ」

「さすがね。人気芸者だけあって、そういうところにも顔を出しているのね」

「音吉さんは美人だし、芸も達者ですから。最近はおりんちゃんやおたまちゃんも三味線《しゃみせん》を弾いて人気になってます。そろそろ一人前じゃないですかね」

「それは楽しみね」

まだ半玉《はんぎょく》の二人だが、そろそろ独立の時期なのかもしれない。

「ここに音吉さんがいないということは、あちらは女風呂に入っているのかしら」

女風呂は、少々料金の高い女専用の銭湯だ。入り口で男にじろじろ見られることもないし、女の裸目当ての同心が入ってくることもない。

「残念だわ。船の話を聞いてみたいところだった」

沙耶が言うと、清と喜久がくすりと笑った。

「噂をすれば、ですよ」

入り口を振り返ると、ちょうど音吉が入ってくるところだった。

「お、当たりだね、沙耶」

音吉が嬉しそうに言う。後ろから、おりんとおたまもついてきていた。

「ちょうど音吉の話をしていたの」

「清さんに喜久さん……ってことは、遊山船のことだね」

音吉が納得したという様子で首を縦に振る。

「船の上にお座敷が入っているのね」

「そうさ。あたしらにとっては商売敵《がたき》と言うこともできるんだけどね」

「お客さんでしょう。呼ばれる身なら、商売敵じゃないのではないですか？」

「それがそうでもないのさ。吉原《よしわら》は吉原芸者、深川《ふかがわ》は辰巳《たつみ》芸者。それと同じで船には船《ふな》芸者っていうのがいるんだよ」

音吉はそう言うと自分の襟元《えりもと》にあたる場所を指差した。

「あたしたちは、深川鼠《ねず》って色の襟元を使う。白い襟元は吉原芸者しか使ってはいけないことになってるんだ。船芸者はもう少し派手な色の襟元なのさ。青とか緑とか赤とかね。それと吉原も深川も芸者は体を売らないけど、船は体を許す奴もいるね」

音吉はやや不機嫌そうな顔になった。

芸者と遊女は、はっきりと職分が分かれている。岡場所《おかばしょ》である深川は、隠れて体を売る芸者もいるが、吉原ではおおっぴらに体を許せば犯罪である。

一応、気の合った客と逢引ができる裏茶屋《うらぢゃや》というものはあるが、表向きはご法度《はっと》ということになっている。

船の上はそういう規制が全く及ばないということだ。音吉のような芸だけを売りにしている人間からすると忌々《いまいま》しいのだろう。

「まあ、あたしらより吉原の連中の方が船のことは嫌ってるだろうけどね。競争相手としては吉原の方が領分がかぶってるからね」

「でも分かれているなら、どうして音吉は呼ばれているの」

「あたしの客の中に物好きがいてね。それで呼ばれるんだ。とにかく金だけはある連中だから玉代《ぎょくだい》は弾んでくれる。それにその場でくれるから取りっぱぐれがなくて、芸者からするとかなり助かるんだよ」

芸者の料金は大抵が後払いである。そのために踏み倒されたり値切られたりすることも多い。芸者を手配する置屋《おきや》が勝手に金を抜いてしまうことも少なくはない。

だから芸者にとってはかなりいい座敷なのだろう。

「そうだ。今度呼ばれたら沙耶もおいでよ。月也の旦那も連れてさ」

「月也さんもですか？」

「船には陰間もかなり出入りしてるからね。旦那も陰間として乗り込めばきっと人気出るよ」

「わたしが男装で、月也さんが女装ですか」

「いい夫婦《めおと》じゃないか」

「それはいいって言うんでしょうか」

「もちろん言うだろうよ」

清が笑いを堪《こら》えたような様子で言った。

「わたしもそれは見てみたいですね」

喜久も言う。

少し考えて、それも悪くないかとなんとなく思う。

「では、こんどみんなで乗り込みましょうか」

「何かあっても、二人がいればその場で捕らえられるから安心だね」

音吉が楽しげに言う。

「捕り物なんてないほうがいいんですよ」

言いながら、沙耶は手早く体を洗って風呂から出た。

月也が先に出て入り口で待っていた。

「すいません。お待たせして」

「今出たところだ。気にするな」

月也はそう言うと、歩き始めた。

奉行所に着くと、月也はいつものように中に入る。門の前で沙耶はしばらく待つことになる。

冬は寒いから、夏よりも待つのは大変である。羽織の中に綿を入れてあるから少しはましだが、手が冷えてしまうのはどうにも防ぎようがない。

門の前をうろうろしている他の小者や岡《おか》っ引《ぴ》きは案外平気な顔をしている。男の方が女よりも手が冷たくならないらしい。そこは少し羨《うらや》ましい。

小者たちの待ち時間を狙って甘酒屋がやってきた。客がいればどんな場所にも物売りは現れる。

奉行所の前はいい場所には違いない。待っている連中はほぼ全員が甘酒を買うからだ。役目柄朝から熱燗《あつかん》を飲むわけにはいかない。その点甘酒ならいくら飲んでも平気である。

「お先にどうぞ」

小者連中は沙耶を一番にしてくれた。体が冷えやすいのを分かってくれているらしい。柄の悪い連中が多いが、仲間意識は芽生えるのである。

「ありがとうございます」

遠慮せずに一番に甘酒屋に並ぶ。

「毎度どうも」

甘酒屋も、毎日売りに来るから沙耶のことは覚えている。

「毎朝ご苦労様。権兵衛《ごんべえ》さん」

「少し生姜《しょうが》を多めに入れておきますね」

甘酒屋の権兵衛はそう言うと手早く甘酒を作ってくれた。

熱い甘酒を入れた茶碗が手に温かい。手が温まるとそれだけで冬の寒さが随分と和《やわ》らぐ気がした。

「七味《しちみ》はねえのか」

沙耶の後ろに並んだ小者が甘酒を受け取り、不満そうな声を出した。

「すいません。七味を振る客って見たことがないもんで」

「まあそうだろうな。いいよ。自前の七味を持ってるからな」

そう言うと、男は甘酒に思い切り七味を振った。

それから沙耶の視線に気づいたらしい。

「珍しいかい。姐《ねえ》さん」

「見たことないです」

「まあそうだろうな。俺はこの七味ってやつが大好きでよ。何にでもかけるし、こいつに塩を混ぜて酒のつまみにもするんだよ」

どうやら尋常ではない唐辛子《とうがらし》好きらしい。

「初めてのかたですよね」

見ない顔だった。岡っ引きと違って小者はよく替わる。給金の低い仕事なので逃げられやすいのだ。

その代わり食い詰めた連中が口入《くちい》れ屋に紹介されて後から後からやってくる。気が付くと新顔だらけで、沙耶はそれなりの古株という雰囲気すらある。

「姐さんは、沙耶さんだね」

「ご存じなのですか」

「最近江戸で噂の姐《あね》さん十手《じって》だろう。知らない奴はいませんよ。顔を見るのは初めてだけどべっぴんさんだね。瓦版《かわらばん》だと顔が全くわからないからね」

確かに瓦版で見る沙耶の顔は歌舞伎《かぶき》風に脚色されているから、何が何だか分からない。隈取《くまど》りがついていることすら珍しくはない。

「べっぴんなんて、ありがとうございます」

沙耶は思わず礼を言った。

「俺は哲一《てついち》って言うんです。よろしくお見知りおきください」

哲一は腰をかがめて礼をした。

どうやら渡世人《とせいにん》らしい。渡世人は独特の物腰があるからわかりやすい。旅から旅へという間に小者として働く気になったらしい。

小者には、いわゆるカタギは少ない。身を持ち崩した人間がなる仕事と言っても差し支えなかった。

月也のおっとりした性格が、小者と折り合わなかったのはよくわかる。考え方が全く合わないのである。

そのおかげで沙耶は月也といつも一緒にいられるのだから、沙耶としては世の中に感謝をしたいところだ。

しばらくすると、月也が奉行所から出てきた。何やら難しい表情をしている。どうやら新しい仕事を仰《おお》せ付かったらしい。

一体どうしたらうまくいくのか考え込んでいるというところだろう。

「何かあったのですね」

声をかけると、月也は黙って頷《うなず》いた。

「ここでは言いにくい。後で話す」

そう言うと、先に立って歩き始めた。横並びではなく先に立つというのは何か考え事をしている時の癖である。

しばらくしたら相談してくるに違いない。今は相談するほど考えもまとまっていないのだろうし、いきなりぶつけて来ない程度には心に余裕があるということだ。

八丁堀《はっちょうぼり》から深川に向かってゆったりと歩く。

深川の方向に向かうということは、音吉や牡丹《ぼたん》に手伝ってもらいたいのかもしれない。

永代橋《えいたい》を渡ると、辺りがかりん糖売りの声で溢《あふ》れる。

「たまにはかりん糖でも食べるか」

月也が言う。

「珍しいですね」

かりん糖は深川名物だし実際美味しいが、月也はあまり食べない。団子《だんご》や饅頭《まんじゆう》の方が好きだからである。

あるいは、今から聞く話に何か関係があるのかもしれない。

「いやか」

「そんなことありませんよ。かりん糖は好きです」

沙耶が答えると、月也は手を上げてかりん糖売りを呼び止めた。深川はとにかくかりん糖売りが多いから、すぐに捕まる。

浅草紙《あさくさがみ》に包んだかりん糖を買い求めると、月也は気まずそうな表情になった。かりん糖を食べるだけにしては微妙な表情である。

「どうかしたのですか」

改めて尋《たず》ねると、月也は思いつめたような表情で沙耶を見た。

「沙耶は、かりん糖遊びというのを知っているか？」

そう言われて、沙耶はどきりとした。

一度だけ牡丹とおこなったことがある。あまりにも誘惑的な遊びなので月也には言っていなかった。

「知りません」

思わずごまかしてしまう。なんとなく申し訳ないが、口にするのは憚《はばか》られるような気がした。

「そうだろうな。一本のかりん糖を、両端からかじっていく遊びなのだ」

「それはなかなか刺激的ですね」

「俺とやってはもらえまいか」

「ここでですか」

思わず声が裏返った。月也とかりん糖遊びをするのは構わないが、いくらなんでも永代橋のそばでというのは無茶である。

周りの人に注目してくれと叫ぶようなものだ。

「いや、家に戻ってからでよいのだ」

「それならいいですよ。心臓が止まるかと思いました」

「さすがにこんな場所で試そうとは思わないさ」

言いながら、月也は顔を赤くした。

「それにしても、突然どうしたのですか。そういう遊びに目覚めたのですか?」

もし目覚めたのだとしたら、どこでだろう。どこかで女に引っかかってというのは考えにくい。

そうだとすると、相手は男だろうか。

陰間茶屋で何やら怪しい楽しみを覚えたということもなくはないか。

いや、ないだろう。今朝奉行所から出てきた時の表情がかりん糖遊びに繋《つな》がっているに違いなかった。

「なにかお役目なのですね」

「実はそうなのだ。やはり沙耶は勘がいいな」

どんなに勘が悪くても気づかないことはないだろう。そのくらい、月也と悪い遊びが結びつかない。

「どのようなお役目なのですか」

「盗賊を捕まえるのだ」

「捕まえるということは、もう盗みがおこなわれたのですね」

「そうだ。だが簡単には捕まりそうにない。誰も届けを出さない」

「江戸の人は被害に遭ってもなかなか届けを出さないですよね」

「黙って盗まれた方がましだと思われているからな」

月也がため息をつく。奉行所は案外信用がないのである。

「なかなか信じてもらえませんね。庶民に」

「しかし、今回はそうではない。自分の側に傷があるから訴えることができないのだ」

「どういうことですか」

「遊山船というのを知っているか」

「まさに今朝、聞きました」

ちょうどいい具合に噂を聞いたらしい。遊山船が盗賊に遭ったのなら、遊女や陰間まで詰んでいるのだから、船の側も罪に問われる。

泣き寝入りするしかないだろう。盗賊はそれを承知で盗みに入るのだとしたら、かなり悪質といえた。

「盗賊といってもこっそり盗むのではないということですよね。堂々と客を脅《おど》して行くということですか」

「そのようだ。伊藤《いとう》様が噂を仕入れてきたのだが、どうにもならない。そこでだ」

月也が言葉を区切った。

「我々に、船に潜《もぐ》り込めというお達しだ」

それでかりん糖遊びというわけか。おそらくは陰間として船に乗り込めということだろう。船の上は少々やんちゃになるから、きわどい遊びも必要なのかもしれない。

それにしても、どの船が狙われるのか見当もつかない。そんなに長い間船に乗って暮らすわけにはいかないだろう。

盗賊に狙われそうなことをしろという謎かけでもあるのかもしれない。

いずれにしろ、音吉に相談するしかないだろう。

蛤《はまぐり》町《ちょう》の音吉の家まで訪ねて行こうとして思いとどまった。先ほど風呂に入ったから、今頃は眠っているかもしれない。

「音吉さんは眠っているはずですから、とりあえず牡丹のところに行ってみませんか」

「そうだな」

牡丹なら、なにか知っていそうな気がした。

最近は永代寺の門前仲町《もんぜんなかちょう》にある路地で梅の花の砂糖漬けを売るのが定着している。いろいろ試してみて、一番いい場所らしい。

昼は昼で参拝の客がいるし、夜は夜で岡場所の客がいる。花が売り切れないかぎりはいつでも客がいるらしい。

月也と訪れると、相変わらず賑《にぎ》わっていた。この時間だと、圧倒的に女性客が多い。若い娘に囲まれていた。

「沙耶様」

牡丹が嬉しそうに声をかけてきた。牡丹の周りの客が、一斉に道を空けてくれる。遠慮したというよりも、沙耶を近くで見たいというような気配である。

きらきらした瞳で注目されて、沙耶は思わず客の娘たちを見つめ返してしまった。

「なにかついてるかしら。どこかおかしい？」

そう尋ねると、娘たちが笑った。

「噂の夫婦同心の沙耶様でしょう。憧れてます」

「素敵ですよね」

娘たちが口々に言う。

「もうすっかり知られたわね」

「美人で男装の十手持ちとくれば、人気が出ない方がおかしいです」

自分としては全く意識していないが、そういうことになっているらしい。美人というだけなら音吉や牡丹の方がずっと美人だと思う。ただ、十手持ちということで噂が一人歩きしているのだろう。

牡丹が言う。

「何か御用ですか？」

「少し聞きたいことがあるの。でも忙しいならいいわ」

「そろそろ休憩しようと思っていたので構いませんよ。どうしましょうか」

「では、蕎麦でも食べに行こう」

月也が言うと、牡丹が頷いた。

門前仲町にある「豊年《ほうねん》蕎麦」の稲葉屋《いなばや》は最近天ぷらで評判であった。屋台以外で天ぷらを食べるとなると、まずは蕎麦屋である。

天ぷらのタネにはいろいろあるが、稲葉屋はこの時期イカの天ぷらを出す。それがなかなかに美味しいと評判で、いつも客で賑わっていた。

「わたしが知っていることなら何でもお答えしますよ」

牡丹が言う。

「本題の前に、かりん糖遊びというのを知っているか」

「存じています。それがどうかしたのですか」

「あれはどこで止めるのが正しいのだ。放っておくと唇《くちびる》がくっついてしまうだろう」

「別にくっついても減るものではないでしょう。相手の懐《ふところ》具合によるのではないですか」

牡丹が平然と言う。

「やはりそういう遊びということになるな」

「いったい誰となさるのですか」

「客かな」

月也が答えると、牡丹はにっこりと微笑《ほほえ》んだ。

「陰間が板についたようですね」

月也が顔を赤くした。

「そうではない。お役目で必要なのだ」

「もうそのお役目は終わったのではないですか？」

「うむ。あれは終わったのだが……」

月也はそう言うと言葉を区切った。

「船強盗って聞いたことがあるか」

「それはないですね」

「最近、遊山船というものが襲われるらしい」

「ああ。金持ちが乗る遊び船ですね。そちらの船ならわかりますよ」

「そこに乗り込んで調べて来いというお達しなのだ」

「それはなかなか面白いですね」

牡丹が楽しそうな声を出した。

「船の中では遊びが少々行き過ぎるらしい」

月也に言われて、牡丹が首を傾《かし》げた。

「かりん糖くらいで騒ぐのは大袈裟《おおげさ》でしょう」

それから、いたずらっぽい笑顔を浮かべる。

「かりん糖をお持ちのようですね。それなら、わたしと試してみますか」

「牡丹と?」

「わたしとなら大したことではないでしょう。練習には手頃だと思いますよ」

月也の顔がみるみる赤くなる。それから沙耶の方に目を向けた。

「どうしよう。沙耶」

「かまわないのではないですか。牡丹なら」

牡丹は誰もが振り返るほどの美少女だが、中身は少年だから、沙耶としては安心感がある。それに、月也と牡丹のかりん糖遊びは、正直言って興味があるともいえた。

「蕎麦を食べている間に考える」

そう言うと、月也は下を向いてしまった。

「はいよ。天ぷら蕎麦」

店主が持ってくる。

稲葉屋の天ぷら蕎麦は、イカと、蕪。そして南瓜《かぼちゃ》である。胡麻油《ごまあぶら》でからりと揚げてあり、その特徴で赤みがかった天ぷらであった。

イカの天ぷらは、口の中に入れるとぷつり、と噛《か》み切れる。蕎麦つゆにつけて食べるのだが、油がつゆの中に広がって、味にコクを加えるようだ。

蕎麦は香りがあまり強くないあっさりしたもので、もりやかけだと少々物足りないかもしれない。しかし天ぷらと合わさるとちょうどいいから不思議なものである。

そのせいか、店に来る客はほぼ全員が天ぷら蕎麦を食べていた。

蕪は小ぶりのものを半分に割って揚げてある。胡麻油が風味をつけていて、本来土臭いはずの香りが華やかになっていた。

月也も牡丹も、沙耶の倍の速度で食べてしまった。食べる速度に関してはやはり男にはとても勝てそうになかった。

「どうされますか」

牡丹に聞かれて、月也は考え込んだ。それからゆっくりと首を横に振った。

「いや、いい。お前は少々美人すぎる。許してくれ」

「そうですか。気が向いたらいつでもおっしゃってください」

牡丹はあっさり言うと、自分の唇に右手の人差し指を当てた。その様子は本当に色気があって、隣で見ている沙耶もついどきりとしてしまう。

「ところで、船に乗り込むのはいいのですが、どうやって盗賊に襲われる船に当たりをつけるおつもりなのですか」

「全くわからないな」

月也がため息をついた。

「盗賊からすると、どういう船なら襲いたくなるんだろうな」

「そうですね」

牡丹が考え込む。

「まず、そんなに有名ではない金持ちが乗っていること。船の中の遊びがやや後ろ暗いこと。芸者だけでなく遊女や陰間もいる方が望ましいでしょう。それと、働いている人間の身元にこだわらない船がいいですね」

「そうなの？」

「盗賊の一部は、客としてではなく、働いている人間に化けて潜り込んでくることもあり得ます。川の中で襲って船で逃げるわけですから、手引きが必要です。もしかしたら、食材を船で補充するようなふりをして襲うこともあるかもしれません」

「そうすると襲われるのはいつの時刻かしら」

「そうですね。夕刻に襲った方が捕まりにくいのではないかと思います。夜になってしまうと何かと目立ちますから。夕刻なら、あちこちに船が出ているから紛《まぎ》れて逃げられるのではないでしょうか？」

「昼から芸者を上げて遊ぶような船がいいということだな。そういう船があるといいのだが」

「簡単ですよ。そんな船を仕立てればいいんです」

「自分で仕込むというのか」

「音吉姐さんもいるし。おりんやおたまもいますから。芸者の頭数は揃いますし、陰間もいるではないですか。お忍びの座敷を仕込むにはちょうどいいでしょう」

「遊女はどうするの」

「それはわたしがつとめます」

牡丹がきっぱりと言う。

「なにかあってもわたしなら平気ですから」

「でも、まず船を借りないといけないのではないかしら」

「そこはなんとかなるでしょう」

「どうやって？」

「狭霧《さぎり》様の客をたどれば、船を貸す人が一人くらいはいると思いますよ」

たしかに、世間は広いようで狭いから、できないことはないだろう。しかし船主に迷惑をかけることになるのではないだろうか。

「心配することはありませんよ。相手も商売人ですから、必ず自分は儲《もう》かるように仕向けてきます」

「そうなの」

「商売人は、こちらより何枚も上手ですよ」

「それなら安心していいかもしれないわね」

狭霧にも相談してみよう。と心に決めた。

「それに、狭霧さんをほうっておくとすねますよ。今回は」

「すねるって、どうして？」

「自分の出番がありそうなのに仲間に入れなかったら悲しいですよ。沙耶船と呼んでもいいような顔ぶれになるではないですか」

「あ。では、鰻《うなぎ》屋のさきさんにも声をかけた方がいいかしら」

沙耶が言うと、牡丹は声をあげて笑った。

「あの娘なんて、呼ばなかったら身投げしてしまいますよ」

たしかに悲しみそうだった。今回は全員でかかるのがよさそうだ。

「こういってはなんだけど、お祭りみたいに思えるわ」

沙耶が言うと、牡丹が大きく頷いた。

「そう思ってもいいでしょう。仕事かもしれませんが、楽しみましょう。不謹慎ではないと思いますよ。お役目を成功させるためですから」

それから牡丹は、眉《まゆ》をぎゅっとしかめた。

「こんな苦々しい顔をして事件を追っても、結果とは無関係です。なにごとも軽々とやっているように見える方がいいと思いませんか」

「そうね」

「だから沙耶様はいつも笑顔でいてください。つらいことがあったら、なんでもまわりにおっしゃってくれていいのですよ」

ふふ、と笑うと、牡丹はあらためて月也を見た。

「月也様は、わたしと一度くらいかりん糖遊びをしておいたほうがいいと思いますよ。まっすぐですからね。うぶすぎます」

「そうかな」

「客を満足させないといけないのですよ。相手はお金を払って月也様と遊びたいのです。慣れていません、で済むとでも思っているんですか」

牡丹がややきつい口調で言う。

たしかにそうだ。相手はお金を払うわけだから、払った分の満足感は欲しいに違いない。素人だから許せ、はあり得ないことだ。

「分かった。練習しよう。しかしこの蕎麦屋では無理だろう。山口庄次郎《やまぐちしょうじろう》の店の座敷を借りようではないか」

たしかに、それなら人に見られることもない。

そうして、沙耶たちは山口庄次郎の店に行くことにした。稲葉屋の並びといってもいいくらいに近い。

最初から鰻にすればよかったかな、と思ったが、天ぷら蕎麦も美味だったのでよしとする。

店を出て歩くとすぐに、鰻の煙がただよってくる。いまは十二月だから、鰻は脂が一番乗っている時期だ。

下り鰻といって、産卵のため海に向かって帰っていく鰻がとにかく美味しい。たくさん捕れるから夏より値段も安いくらいである。

「沙耶様」

山口庄次郎の娘のさきが、嬉しそうに歩み寄ってきた。

「沙耶様いらっしゃい。月也様と牡丹さんも」

「お邪魔したいのだけれど」

「いいですよ。稲葉屋さんに浮気していたようですが、あちらはよいのですか？」

「見てたの？」

「目に入ったんです」

にこにこと笑いつつも、声は少しすねているようだ。やはり船には誘う方がいいだろう。

「少しお願いがあるのよ」

「なんでもお引き受けします」

さきが元気よく答えた。

「とりあえず奥の座敷を借りたいの」

山口庄次郎の店は、かき入れ時だけあってすごく繁盛していた。店で食べるというよりも、取り寄せが多い。

鰻で取り寄せができるのは鰻丼《うなどん》だけである。鰻重は店の中でしか食べられない。取り寄せの鰻丼はやや小ぶりで、鰻も大鰻ではなくて中鰻を使う。

最近は食べ物を運んで手間賃をもらう「運び人」が流行で、ひまな若者は芝居町《しばいまち》や門前町のあたりをうろうろしている。

忙しくて自分で買いにいけない人々が、手間賃を払って取り寄せるのだ。その代表が鰻丼というわけだ。

一人で何人分もの鰻を注文する運び人もいた。なので、山口庄次郎の前はひっきりなしに客が並んでいた。

沙耶は、月也と牡丹と一緒に座敷に入った。

「少しお酒を召し上がりますか」

「む。どうしよう」

月也が迷った声を出した。もちろん昼から飲むのはいいことではない。しかし、天ぷら蕎麦、鰻ときては一杯くらいは飲みたいだろう。

「一杯ならいいでしょう。ただし弱いやつね」

沙耶はさきに言った。

「わかりました。弱いお酒ですね」

そう言ってさきが後ろにさがる。

「一杯だけですよ」

沙耶が月也に念を押す。

「では、いまのうちにやりましょう」

牡丹が声をかけた。

「本気か？」

「当たり前です」

牡丹は平然と言うと、かりん糖の端をくわえた。月也の動きが固まる。牡丹が、指で早くしろ、とうながした。

月也がおそるおそるかりん糖の端をくわえる。牡丹がゆっくりと目を閉じた。

同時に、月也があわててかりん糖から口を離した。

「無理だ。無理」

牡丹が不満そうに目を開けた。

「なにが無理なのですか」

「牡丹を相手にするのが無理だ」

「わたしに魅力がないということですか？」

「逆だ。刺激的すぎて死んでしまう」

たしかに、と沙耶も思う。牡丹は美人すぎる。牡丹がにっこりと微笑んで沙耶の方を見た。

「やってみますか？」

沙耶は思い切り首を横に振った。最初にかりん糖遊びをやったときよりも牡丹は色気が増している気がした。

「かりん糖遊びって、商売になるんですよね」

牡丹がつまらなそうに言う。どうやら、本人もやる気はないらしい。その方が世の中は平和だ、と沙耶は思った。

「お待たせしました」

さきが、酒と、簡単なつまみを持ってきた。酒は徳利《とっくり》に入っていた。

つまみは、鰻豆腐である。鰻の肝《きも》を豆腐と一緒に煮てある。味噌味だった。一緒にゴボウも入っている。

味噌で煮た鰻は、醬油味とは全然違う味わいがある。豆腐とゴボウが、鰻の味を引き立てるのに一役買っていた。

「ところで、何かお役に立てることがありますか」

「ええ。それなんだけど、実は、遊山船というものに乗ることになったの」

沙耶はさきに事情を説明した。

「それでね、さきさんも一緒に船に乗り込んでくれないかと思って」

「もちろん行きますよ。鰻もたくさん持っていきますね」

「でも、鰻を焼くのは難しいのではないの？」

「焼くのは難しいですが、温めることはできます」

「そうなの？」

「はい。大丈夫です。焼きたての鰻とは違った味わいで美味しいですよ」

さきがうきうきした声で言った。やはり声をかけてよかった。

「それでね。船に乗り込むことを店で話題にしてほしいの」

「わかりました」

そうすれば、盗賊も入りやすいだろう。

船の上なら、囲んでしまえば逃げるのは難しい。捕り物にはうってつけだといえた。

「沙耶もどうだ」

月也に言われて、酒を一杯だけもらうことにする。

一口飲んで、沙耶は感心した。

「これは蜜柑《みかん》の汁が入っているの？」

「そうですよ。お酒は飲みたいけど弱い人のために出しているんです」

さきが出してきた酒は、水と蜜柑の汁で割ったものだった。酒の味よりも蜜柑の味のほうがまさっている。酒入りの蜜柑水という感じだ。

それでも酒の風味は残っている。ほどよい味の酒と言えた。

「美味しいわね」

「ええ。これは普通のお酒よりも高いんですよ。蜜柑の値段が入るから。少しだけですけどね」

「でも、評判になりそうね」

蜜柑の味は鰻にもよく合いそうだった。

「蜜柑の汁に少し酢を混ぜて肝をあえても美味しいんですよ」

「今度いただくわ」

一杯だけ飲むと、沙耶は盃《さかずき》を置いた。一杯くらいならたいしたことはない。これだと酔うまでにたくさん飲めるから、店は儲かるかもしれない。

「それで、いつ船に乗るんですか」

「それは決まったら教えるわ。とにかく、さきさんは乗ってくれるのね」

「もちろんです」

鰻を食べてしまうと、沙耶は店を出ることにした。このあと狭霧の店「いぶき」にも行った方がいいだろう。

「ではまたお邪魔するわ」

山口庄次郎にも挨拶《あいさつ》をする。

「ああ、どきどきした」

月也が胸を押さえた。牡丹とのかりん糖遊びがよほど刺激的だったらしい。

「月也様が相手をどきどきさせる役目なのですよ」

「分かっている」

月也がくやしそうな顔をした。牡丹に負けた感じがするのだろう。しかし、そこはどうしようもない。月也は同心なのだ。それに美貌で売っているわけでもない。牡丹相手に対抗するのは無茶である。

いい経験をしたと思うしかない。

狭霧の店につくと、牡丹が自分の家のように鍵を開けた。店だから、心張棒《しんばりぼう》ではなくて錠前《じょうまえ》がついている。

牡丹は鍵を持っているらしい。

「合鍵を持っているの？」

「はい。時々こちらで手伝いをしているものですから」

言いながらさっさと鍵を開けて入っていく。狭霧の店は夜の営業が多いから、この時間は寝ていることも多い。

「誰だい。牡丹かい？」

狭霧の声がする。

「そうです。沙耶様たちも一緒ですよ」

牡丹が答えると、ばたばたと音がして、やや乱れた姿の狭霧が現れた。かろうじて寝巻ではないといった様相だ。

「すいません。いらっしゃるとわかってれば身支度をしたんですけど」

狭霧が頭を下げた。

「突然ですから。お気になさらないでください」

沙耶はそう言うと、牡丹の案内で部屋にあがった。もう何度も来ているからなんとなく馴染んでいる。

「牡丹も使いくらいよこしてくれればいいのにさ」

狭霧が軽く睨《にら》む。

「近所にいたんですよ。使いを出すよりも自分で来た方がよほど早い」

「いいけど。お昼でも取りましょうか」

「さっきから食べてばっかりなんですよ」

沙耶が断ると、狭霧は納得した表情になった。

「鰻を食べていらしたんですね。服から鰻の匂いがします」

それから狭霧は奥に行って茶を淹《い》れてきた。

「これしかないのですが」

そう言うと、狭霧は沙耶たちの目の前に座った。

「なにをすればいいのでしょう」

「まだなにも言っていないですよ」

「言われなくてもわかります。月也様と並んでやってくるからにはお役目でしょう。

捕り物ですよね。きっと」

狭霧が楽しそうに言う。

どうやら、狭霧も捕り物に参加したいらしい。

「そうよ。当たりです」

「やっぱり。やりますよ。わたしは」

「お祭りではないのですよ」

「悪い奴を捕まえるんだから、お祭り以上でしょう。今度はなにをするんですか？」

「そうね。一回皆で集まって説明するときに使いたいのもあるのだけれど、狭霧さんうちの店を使います？」

には座敷を仕立ててほしいのよ」

「座敷？」

沙耶は遊山船の説明をしようとしたが、狭霧はさすがによく知っていて、説明は必要ないようだった。

「なるほど。それならよくわかります。うちのお客さんにもけっこういますからね。遊山船に乗る人たちは」

「そうなのね」

「岡場所と違って手入れがないですからね。幕府も船の上までは管理をしないですよ。それに健全な船もあります。そちらは文人や旗本が乗り込んでいるから、うかつな手入れはできません」

「今回は健全なお座敷というわけにはいかないの。盗賊が盗みに入りたくなるような船を仕立てることはできるかしら」

「盗賊好みっていうのは面白いですね。そうですね。できないことはないと思いますよ。盗まれやすい条件を満たしてやればいいんです」

「そん条件があるのかしら」

「もちろんですよ。盗賊の気持ちになればわかります。あ。沙耶様たちはなっては駄目ですよ。お二人は盗賊の気持ちにならないところがいいんですから」

「そうなの？」

「そうですよ。盗賊の考えがわかるようになると、雰囲気が盗賊っぽくなるじゃないですか。岡っ引きなんて盗賊よりも盗賊っぽいです。火盗《かとう》改めだって、黙って立ってたら盗賊と見分けなんかつきませんよ」

「同心はどうかしら」

「月也様以外の同心はだいたい駄目です。ぎらぎらしちゃって怖いでしょう。強面《こわもて》がいいなんて同心自身は言うけど、そんなの奉行所の勝手な理屈ですからね」

狭霧は奉行所にはあまりいい印象がないようだ。というかここは違法な岡場所なのだから当然である。

月也には心を許しているのは、まさに同心らしくないからだろう。ということは盗賊の気持ちを推《お》しはかるのは狭霧たちに任せる方がいいかもしれない。

「それで、どんな船なら盗賊が入るのかしら」

「まず現金があることですよ。売掛けだと証文だけでお金はないじゃないですか。証文なんて紙切れですからね。だから現金がありそうな噂を流せばいいんです」

「どういう噂？」

「賭場《とば》つきの座敷ってことにするんですよ。賭場は現金ですからね。芸者と遊女、そして料理がついてる賭場なら現金が飛び交います」

「そんな座敷があるのね」

「ありませんよ。こういってはなんですが、陸地《おか》では無理です」

「そうなの？」

「賭場っていうのは勝負の場ですから。芸者をあげるようなことはないです。そもそも寺でやるものですからね。他の遊びとは混ざらないですよ」

たしかにそうだ。そう考えると、賭場つきの座敷は理想なのかもしれない。

「その辺りはお任せするわ。料理が美味しくて、いい芸者がいて、博打《ばくち》もやれる船ということよね」

「そうです」

「それは楽しそうね。わたしも頑張るわ」

沙耶は月也を見た。

「月也さんも陰間を頑張りましょう」

それから狭霧の店を出ると、奉行所に戻る月也と別れて家に戻る。

なかなか面白そうなことになった、と思う。不謹慎かもしれないが、確かにお祭りのような感覚はあった。

家に戻る途中で、角寿司の喜久に行き合った。喜久は立ち止まっている。

「あら、喜久さん。どうしたの」

「沙耶さん。いえ、買い物に行こうと思っているんですけど、どうしたものかなって」

「なにを買うの？」

「酢なんですけどね。どこで買おうかと……」

「酢なら樽《たる》で届くのではないの？」

「ええ、それはまあ。うちはたいてい片馬分買います。ただ、今日買う酢は少量がいいんですよ」

片馬とは四樽ということだ。さすがに商売だけあって買う量が多い。酢や醬油は馬に積める量が八樽だから、八樽で一駄《だ》という。片馬は半分という意味だ。

沙耶の家ではとてもそんな量は使わないから、たいていは四文屋《しもんや》で好きな分だけ買う。

「四文屋では駄目なの？」

「もう少し多い方がいいんです。そうだ、十九文屋《じゅうくもんや》に行こうかしら」

「いいわね」

十九文屋は、四文屋の上級店だ。四文屋では買えない化粧品や傘、下駄などはたいてい十九文屋で買う。

「ついでに紅でも買おうかな。わたしも客商売ですからね」

「いいわね。喜久さんは美人だから、紅を引いたら売り上げがあがると思うわ」

「沙耶さんにそう言われてもね。わたしよりずっと美人だから。でも褒《ほ》められると嬉しいですよ」

喜久は声をたてて笑うと、沙耶の顔を見た。

「どうですか、二人で買い物と洒落込《しゃれこ》みましょうよ」

「そうね」

楽しいかもしれない、と思って承知する。

「どこに行きましょう」

「日本橋《にほんばし》がいいでしょう」

「ああ。十九文横丁ね」

十九文横丁は日本橋の呉服町《ごふくまち》のわきにある横丁だ。八丁堀の組屋敷からは目と鼻の先だから、買い物に行く同心の妻は多い。

ただ、沙耶はほとんど行かなかった。理由は簡単で、なんとなく高い気がするからだ。沙耶が欲しいのは少量の味噌や醤油、爪楊枝《つまようじ》などだから、四文屋の方がいい。

十九文屋は、傘や下駄、刃物、そしてなんといっても化粧品が多い。安価な化粧品はたいていが十九文屋で売っている。

歩いていくと、十九文横丁にはすぐについた。名前の通り、さまざまな十九文屋が軒を並べている。

化粧品に強い店もあれば食品に強い店もある。履物《はきもの》。傘。なんでも扱う店ももちろんある。歩いているだけで楽しくなってくる。

「沙耶様」

不意に横から声をかけられた。見ると、おりんが店から出てくるところだった。

「おりんちゃん。どうしたの」

「付け毛を買いに来たんです。ここが安くていいので」

少し髪の毛の雰囲気を変えたいときは、なんといっても付け毛である。髪の毛の先端につけてやるだけで、なんとなく気持ちも新鮮になる。

様々な付け毛は十九文屋の名物でもあった。

「雰囲気が変わって楽しいわよね」

沙耶が言うと、おりんは大きく頷いて、それから沙耶を見た。

「沙耶様はいかがですか。付け毛」

「わたしはいいわよ。そもそも普段男装だし」

「でも、月也様は喜ぶのではないですか？」

そういわれて考え込む。表ではいつも男装だから、月也にはなかなか綺麗《きれい》な沙耶を見せる機会がない。

家の中で化粧してみるのも悪くないかもしれない。月也のために綺麗になるのはなんとなく恥ずかしいが、楽しいだろう。

「そうね。何か買おうかしら」

その気になって十九文屋に入ることにした。

十九文屋は圧倒的に女性客が多い。もちろん酒や油を扱う店は別だが、付け毛を扱う店に来るのはとにかく女性である。

店の中は活気があって、皆楽しそうに買い物をしている。年配の女性もいて、何歳であっても付け毛は楽しいのだというのがわかる。

沙耶も一つ買うことにした。髪の後ろにつけて少し長く見せるものである。肩からたらし髪にするときに人気だった。

沙耶は高い位置で束ね髪にしているから、根元につければ後ろをふわりとさせることができる。

なんとなく可愛くなる印象だ。

「これを買うことにするわ」

沙耶は付け毛を一つ買った。それからはっとして喜久の方を見る。

「そういえばお酢を買わないと」

声をかけると、喜久は付け毛を四つも抱えていた。

「客商売だから。いろいろ変化をつけようと思って」

少し照れた様子で喜久が言う。

「いいではないですか」

なごやかな気分のままおりんと別れ、酢を買いに店を移動した。調味料を扱う店は、独特な匂いがある。

醬油や酢や漬物の匂いが入り交じっていて、いい匂いとは言い難いがなんだか懐かしい感じがする。

「どんなお酢が欲しいの？」

「これですよ。これ」

喜久が手にしたのは、唐辛子入りの酢であった。

甕《かめ》の中で唐辛子が酢に漬かっている。

「最近うちの亭主がすっかりこれを気に入っちゃってね」

「これはお酢を飲むのかしら」

「それもだけど、中の唐辛子をかじるんですよ。これが美味しいらしくてね」

月也も好きそうだ。喜久に付き合って買うことにした。

「なんだかすっかり買い物しちゃったわね」

「いいじゃないですか。無駄なものを買ったわけじゃないし」

喜久に言われて、それもそうかと思う。

そして、遊山船の件に喜久も誘っておくことにした。

「そういえば、お願いがあるのだけれど」


喜久とも別れて家に着くと、女の姿に戻って月也を待つことにした。

今回、「沙耶組」は全員集合ということになる。揃っての捕り物は初めてだから、気を引き締める必要があるだろう。

風呂に入って体を温めてから、夕食の準備をしようと思ったのだった。

冬は料理には一番いい季節で、魚でもなんでもとにかく美味しい。それだけに何を作ろうか迷ってしまう。

と言っても、魚屋が届けてくれるものの中から選んでいるから、魚屋の手のひらの上と言えないこともないだろう。

今日は鱈《たら》のいいのが入ったといって、魚屋のかつが置いていってくれたものがある。鱈は足が早いから、いい鱈というのはなかなか珍しい。

かつは、揚がったばかりの鱈を切り身にして、塩を振っておいてくれた。そうすると臭みが出ず美味しく食べられる。

鱈は鍋が一番美味しいと沙耶は思う。だから今日は鍋にしようと思った。鱈と一緒に煮るのは豆腐と里芋、大根である。大根は、細く刻んである方が鱈には合う。鱈の味は繊細だから、刺身のつまに使うように細く刻んでから鍋に入れるようにしていた。大根だから、大根を厚切りにすると、大根が勝ってしまうのである。

を刻むとひと塩してしんなりさせておく。

準備を整え終わったころ、月也が戻ってきた。少々表情が明るい。台所に入ってくると、後ろから沙耶に抱きついた。

「料理しているのであぶないですよ」

「おい。俺は期待されているらしいぞ」

「誰にですか」

「筒井《つつい》様と伊藤様だ」

「それはそうでしょう」

いまさらなにを言い出すのだ、と沙耶は思う。これまでのことを考えれば、期待されている以外ありえないだろう。

それともいつにないことを言われたのだろうか。

「なにかあったのですか」

「うむ。年末にな。羽子板《はごいた》市を楽しめと言われた。お役目のことなど考えずに好きなように過ごせと。そして新たな気持ちで役目に当たれとの仰せだ。なんだかこう、頼りにされている感じがするだろう」

「そうですね」

どうやら、羽子板市での犯罪の取り締まりをせよということらしい。

本来の風烈廻方同心の役割がまるで出てこないのは、期待されているのだかいないのだかわからないというところだろう。

「でも、いつもお友達と行かれるでしょう」

「たしかにそうだな」

月也が考えこんだ。月也は毎年友人と羽子板市に行く。今年もそうだろう。

「わたしは音吉と行きますよ」

「そうだな。たのむ」

「そうですね。ところでそろそろ体を離してください」

「お。すまなかった。今日は鍋か」

「そうですよ。あちらで待っていてください」

「酒も飲みたい。冷たいのがいい」

「わかりました」

冬は熱燗と相場が決まっているが、鍋のときだけは月也は冷たい酒を好む。

鍋が煮えると、沙耶は素早く運んだ。

くつくつと煮えている鍋は早く食べるにかぎる。

思い立って、今日買ってきた酢で醬油を割ってみることにした。

「これで食べてみてください」

月也に渡す。

「これは？」

「今日買ってきた酢で作ったんですよ」

月也は鱈をとると、さっと酢醬油をつけて食べた。

「お。これは美味《うま》いな。少し辛い」

沙耶も使ってみた。酢に唐辛子の味がしみていて、鱈によく合う。細く刻んだ大根にもぴったりだった。

今度から常備しようと思う。

鱈の旨みを吸った里芋はほっこりとした味で、癖になりそうだ。しばらくは里芋が食事で活躍するだろう。

月也は、鍋の汁を飯にかけると、ざぶざぶとかき込んでいく。

「おかわり」

元気に飯を食べる姿を見ると、なんだか微笑ましくなる。月也は食事をしながらやや多めに酒を飲んだ。

顔が少し赤くなる。

「ところで沙耶」

「なんでしょう」

「かりん糖遊びをしてみたい」

月也は真面目な顔をしている。酒に酔ってはいるが、うわついた様子でもない。昼間牡丹相手におろおろしたのがいやだったのではないかと思う。

「わたしはいつでもいいですよ」

「すまないな」

月也は顔をさらに赤くすると、脇に置いてあったかりん糖の包みを手にとった。ずっとそこに置いておいたらしい。家に戻ってきてから気にし続けていたのだろう。

「では、かりん糖をどうぞ」

沙耶が言うと、月也はかりん糖を一本出して口にくわえた。

「少し短いのではないですか」

沙耶が言うと、月也が首を横に振る。そんなことはない、と目が言っていた。

「では、失礼します」

思い切ってかじろうとすると、思ったよりも顔が近い。牡丹とのときは、うまく牡丹が誘導してくれていたのだとわかる。

一口かじって、口を離した。

恥ずかしくて、とても二口目をかじることができない。

「おしまいです」

「まだ一口ではないか」

月也が不満そうに言った。

「これは少し恥ずかしすぎます」

牡丹とのときも恥ずかしかったが、月也とのほうがずっと刺激が強い。どうしてなのか理由はわからないが、照れくさくて駄目である。

「もう少し試そうではないか」

月也の方は反対に余裕がある。これは、多分先に照れてしまった方が負けるようにできているのだろう。

「また今度にしましょう」

とてもではないが、何度もできるようなものではない。

「そうか。まあ、恥ずかしいのはよくわかる。慣れると気持ちいいのかもしれないがな」

「そうですね。でも、見知らぬ人とやるのはなかなか難しいです」

「俺は見知らぬ人ではないだろう」

「見知った人とはもっと恥ずかしいですよ」

そう言うと、沙耶は食器を片付けるために台所に立った。

陰間として船に乗り込むなら、確かに必要な遊びかもしれない。ただ、月也が座敷に出ていてもいいものなのだろうか。

盗賊を捕まえる時には取り囲まなければいけない。その時に、月也が座敷の真ん中にいては相手に逃げられてしまうのではないかと思う。

どちらかと言うと陰に隠れていて、十手を持って登場するのがよさそうだ。できれば陰間以外の形《なり》で船に乗っていた方がいいだろう。

だとすると、どんな形が良いのだろう。

すぐには思いつかない。よく考えることにする。

今回は大きな捕り物になりそうだ、と、沙耶は大きく息をついたのだった。


そして数日後。


狭霧の店に、「沙耶組」の仲間が集合していた。

音吉、牡丹、おりん、おたまの芸者組。夜鷹蕎麦の清。角寿司の喜久。鰻屋のさき。魚屋のかつ。それに狭霧である。

このように人数が多いと、混乱して人質にされるおそれもある。

沙耶としては申し訳ない気持ちが強い。

だが、集まった面々はとにかく楽しそうだった。

「船の上で出す料理を考えたんですよ」

狭霧が嬉しそうに言う。

「何と言っても料理に関わってる人間が多いですからね」

沙耶の前に、座敷用の料理が並んでいく。

豆腐に鰻。各種の魚。天ぷら。野菜。

だが、どれもこれも、どちらかというと冷たい料理だ。いまは冬だから、温かい方がいいには違いない。

「温かいお料理はないものですか？」

沙耶が聞くと、狭霧は首を横に振った。

「それはなかなか難しいんですよ。客の方も冷めた料理に慣れてますからね」

「でも、温かい方が美味しいでしょう。鰻だって冷めてしまうと脂がきつくてなんだかお腹にもたれます」

もちろん、沙耶も座敷料理が冷えていることは知っている。温かい料理があってもほんのりといった程度で、熱いものはない。

そういうものだ、とわかってはいるが、特別な座敷なら料理も特別にしたい。

「船の上だから寒いでしょう。冷たい料理だけでは体が冷えてしまうのではないでしょうか」

熱燗で体を温めるとしても限界はある。だから料理そのものが熱い方が客にとっても喜ばしいと思われた。

「確かにそれは正論だけど、どうしたらいいのかねえ」

狭霧はため息をついた。

「素人が口を挟んですいません」

沙耶は頭を下げた。

狭霧が首を横に振る。

「いや、たしかに沙耶様の言う通りだね。温かいに越したことはない。座敷の料理だの仕出しだのって言い訳をしてる方が問題だ」

「わたし、ひとつお出ししたいものがあります」

さきが言った。

「少しお待ちください。誰か手伝っていただけませんか」

「わたしが行きましょう」

牡丹がさっと席を立つ。

さきは厨房《ちゅうぼう》に引っ込むと、しばらくして戻ってきた。

皆の前に湯気の立つ鰻の料理を置く。

「これは本来こういうものではないのですが、少々工夫しました」

沙耶の目の前に出てきたのは、鰻の汁ものであった。まだ熱い。たしかに汁ものにすれば、冷めるまでに時間がかかる。

ぱりっと焼いた鰻を出汁にひたして、溶《と》いた卵をかけてある。なにかでとった出汁と、醤油の味がする。

鰻自体は白焼きだから甘くはない。ふっくらとした焼き魚という感じだ。

出汁はどうやら蕪とゴボウのようだった。じっくりと煮てとった出汁が、鰻の味を引き立てている。ただ、この短時間にとれる出汁ではないような気もする。

牡丹を見ると、なにやらぐったりしている。どうやら、この料理を作るのに牡丹がなにかしたらしい。

「美味しいね」

音吉が感心した声を出した。

が、狭霧が厳しい声で返す。

「確かに美味しいけど、これをお座敷料理で出すわけにはいかないね。この料理をどうやって使うつもりなんだい」

「このままでは使えません。でも、それはこの料理だけ見るからそう思うのです」

「どういうことだい」

「今この鍋に入ってるのは鰻ですけど。鍋であればどんなものでも入れられるでしょう。たとえばですが、わんこ蕎麦ではなくてわんこ鍋というのはどうでしょう」

「具材だけどんどん足すってことかい？」

「はい。お気に入りの芸者と夫婦ごっこしながらそんな鍋ができれば、楽しいと思うのです」

なるほどそれなら楽しそうだ。

「でも、火はどうするんだい。さすがに座敷に炭火は持ち込めないよ」

畳の部屋にうかつに炭火を持ち込んで、万が一火事になれば全員打ち首である。だからみんな温かい料理は諦《あきら》めているのだ。

「それが問題なんですよね。人数が多くなるとどうしても料理には手が回りませんし」

「でも、考えるいい機会だね。うまくいけばこの先の参考になる」

「とりあえず今日のところは寿司でも食べておくれよ」

喜久が、自分の番だとばかりに寿司を出してきた。

「うちの店も日々精進《しょうじん》しているからね」

角寿司というのは辻《つじ》で売る寿司だから、桶《おけ》に入っている。そして酢できちんと〆《しめ》てあるものが多い。

店で売っている箱寿司よりもやや塩辛いが、甘みもあるのが特徴だ。

喜久が出してきたのは、飯を油揚げで包んだ寿司だった。

「これは稲荷《いなり》寿司ね」

「そう。最近ますます流行《はや》ってきた寿司なんだ」

「へえ」

「これ、けっこう作るの大変なんですよ」

喜久が大きく息をついた。

稲荷寿司は、口に入れると、まず油揚げの甘さが感じられる。それから、刻んだ青菜の味がした。これは大根の葉っぱの塩漬けだろう。飯にもほんのり甘みが足されている。かすかだが砂糖の風味があった。

全体には甘い。だが、これは温かくなくても十分美味しいものだった。

梅漬けが添えてあって、梅の塩辛さがちょうどいい。

角寿司は軽く一個食べて腹をふさぐものだから、一個でそれなりに満足感があるように作る。

だから味も強いのである。

「これは〆にいいかしら」

沙耶が言う。

「今度はわたしだね」

夜鷹蕎麦の清が厨房に立った。

清が作ってきたのは蕎麦がきたった。蕎麦粉をお湯で練ったものである。蕎麦よりも素朴な味だが、蕎麦切りの方がのど越しがいいので、最近はあまり人気がない。

「蕎麦がきとは珍しいね」

音吉が声を出す。だが、あまり乗り気ではない様子だ。芸者からすると、やや地味な料理という印象なのかもしれない。

食べてみると、熱いとまでは言わないが温かい。蕎麦がきを練る湯を熱くしたというところだろう。

しっかりと味がついているから、お湯だけではなくつゆを入れて練ったのかもしれない。

「これは美味しいですね」

牡丹が声をあげた。

蕎麦がきは生姜で風味がつけてあった。生姜と醤油の香りが強い。見た目は地味だが食べると印象が強い。

とはいっても、例えば看板料理として盗賊を惹《ひ》きつけるような料理にはならないだろう。

普段食べるには申し分のない料理だが、盗みに入りたくなる座敷の料理と言うには少々力が弱い気がした。

「地味だよね。やっぱり」

清が苦笑する。

「ごめんなさい」

「謝ることはないよ、普通の客ならともかく、盗賊を呼び込みたいんだからね」

「華やかで驚くような料理だよね。なんというか、頭で食べる料理」

狭霧が考え込む。

頭でというのはたしかにそうだ。食べて美味しいだけなら、今日の料理はどれも美味しいと言えるだろう。しかし、今欲しいのは、聞いただけで行きたくなるような料理なのである。しかも、美味しいものを食べ慣れている金持ちが来たくなる料理。

さらには、盗賊の気持ちを惹きたいのだ。

考えるだけで難しい。

「今日解決しなくてもいいことですから。楽しく食べましょう」

味としては抜群なのだ。

張り詰めていた空気が一気に抜ける。

「ところで、今回はどんな盗賊なんですか」

さきは興味津々《しんしん》という様子だ。

「どんな盗賊かまではわからないわ。少なくともいい人たちではないわね」

沙耶はそう言ってから、ふと思った。

案外いい人だったらどうしよう、と。

もし「いい人」なのだとしたら、単純な金持ちではなくて、悪い金持ちを狙おうとするに違いない。

実際に悪いかどうかはともかく、あくどい商売をしている印象を与えている人間が集まるといいのかもしれない。

今回の盗賊がいい人だという可能性はあるのだろうか。

船の上で盗みを働いたとは聞いたが、誰かが殺されたという話は聞いていない。その上で月也を投入するということは、質《たち》の悪い盗賊ではないのかもしれない。

客の選び方をしっかり考える必要がありそうだった。

「みんな。聞いて。今回の盗賊、もしかしたらいい人たちなのかもしれないと思うのだけれど」

「いい人？」

全員が言葉を返す。

「いい人なわけがないだろう。盗賊なんだよ」

音吉が呆れたように言った。

「いくらなんでも、そんなことを言うのは月也様だけにしておきましょう」

牡丹も言う。

「善人と言っているわけではないの。その人たちが、自分をどう思っているのかということよ。もし義賊だと思っているのだとしたら狙う船も変わるでしょう」

「つまり、悪党から金を盗んでいるから自分達は悪くないって思っているって事ですか？」

さきが納得したような顔をした。

「そう。もしそうだとしたら、集める客が変わるでしょう。世間的に嫌われやすい金持ちの方が盗賊に入られやすい」

「たしかにそうだねえ。盗賊は悪いことには違いないけど、本人たちが悪人だと思っているとはかぎらないからね」

狭霧も納得する。それから、大きく頷いた。

「ではまずは札差《ふださし》だね。こいつらは悪党の代表みたいに思われてるから」

札差は米を現金に替える仕事だ。札差の相場によって庶民の生活が苦しくなったり楽になったりする。

そして札差は手数料で儲けている。金貸しもやるから、大名たちも札差には頭が上がらない。

直接接する機会はあまりないが、印象としては悪党の第一番である。

「札差が女を揚げて遊んでいるという感じが出せればいいね」

だとすると、どこかから札差を呼んでこないといけない。

そういえば、音吉の馴染みには札差がいる。音吉に眼を向けると、音吉は、もちろんわかってると言うように首を縦に振った。

「何人かはこちらで仕込んでおいて、後は噂でなんとなく客を集めるという感じでしょうか。あまり多いと問題なので約束するのは五人でどうでしょう」

「五人の豪商って感じでいいね。坂倉屋吉兵衛《さかくらやきちべえ》と、富田屋喜左衛門《とみたやきざえもん》を中心にして、あとは集めよう」

富田屋は沙耶の絵姿を使った商売以来大人気で、いかにも儲けている感じがする。

儲けている呉服屋と札差なら、いかにも悪そうだ。音吉が楽しそうな顔をする。

「じゃあ、そういう船が出るって噂を、みんな自分の店や座敷で話そうじゃないか。

乗るのに百両かかるってことにしよう」

「百両は多くないですか」

「そのくらいじゃないと面白くないって奴がいるんだよ」

たしかにそういう人はいる。それにしても、乗るだけで百両というのはなかなか考えられない料金である。

「じゃあ、皆さんよろしくお願いします」

沙耶は頭を下げると、今回の捕り物について考える。これでおびきよせるのは算段がついたが、捕り方がいない。

いくら何でも月也一人では無理があるだろう。

そうは言っても奉行所の人間を簡単に動かすことはできない。岡っ引きを集めて捕り物を行うということになるのだろうか。

いや、と、沙耶は思う。

いっそ火盗改めに協力を仰ぐのはどうだろう。もちろん手柄はあちらが持っていくだろうが、こちらとしては手柄が欲しいわけではない。

いつも月也から手柄を取っていく日下《くさか》が適任だと思われた。

月也に相談しようと思う。

沙耶にしても月也にしても、日下が好きなわけではない。どちらかというと嫌いである。

しかし、他に適任者がいそうにもない。

日下は嫌な人だが、火盗改めにはいい人などいないということを考えると、もしかしたらましなほうかもしれない。

家に戻ると、月也を待ちながら、料理のことを考える。

炭火というのはきちんとした場所に置いておかないと火事になる。だから畳の上では火鉢ということになっていた。

しかし火鉢では料理には向かない。

沙耶の気持ちとしては、目の前でぐつぐつと煮えてほしいのだ。

いい案が出ないまま、月也を待った。

「ただいま」

月也の声がする。

「おかえりなさいませ」

玄関まで迎えに行くと、月也が珍しく赤い顔をしている。どうやら少し酒を飲んできたらしい。

「珍しいですね」

「うむ。少し考えることがあったのだ」

「誰かとご一緒されていたのですか」

「一人だ」

何か悩みがあるらしい。月也はあまり悩むことがない。元々楽天的な方だし、最近は仕事もうまくいっているから悩み事も少ないのである。

表情からすると、今回のお役目のことでなにか引っかかりがあるのだろう。

「何か悩んでいるのですね。どのようなことですか」

「俺は、陰間に向いていないと思うのだ」

「それは、まあ、そうでしょう」

「沙耶もそう思うか」

「陰間というよりも、客商売は全てにおいて向いていないと思います」

「では俺は何に向いているのだ」

「同心でしょう」

沙耶が答えると、月也はほっとした表情になった。

「同心は向いているのだな」

「ご活躍ですし、月也さんにとっては天職だと思いますよ」

「そうだな」

月也がほっとした顔をする。どうやら、陰間を演じるのがかなりつらかったらしい。

「わたしも今回は陰間じゃないほうがいいかと思っていたところなのです。あのときの事件はもう終わったのですし」

「そうだな。今回は辞退してもいいのだろうか」

「もちろんかまいませんよ」

沙耶に言われて、月也はあきらかに安心した様子になる。

「そうだ。これを」

月也は懐から温石《おんじやく》を取り出した。

「今日は少し体調が悪かったから、これを使っていたのだ」

「温石ですね。これを持ってるとかなり暖かいですからね」

温石というのは、その名の通り温めた石だ。布でくるんで腹のあたりに入れておくもので、冬場はなかなかの味方である。

「同心はあまり厚着をすると恰好《かっこう》が悪いからな。これがあるといい」

温石をしまおうとして、沙耶はふと石を見た。

これは適当に温めているから人肌ほどだが、もし煙が出るくらい熱したとしたらどうだろう。炭火と違って燃えはしないが、料理を温めることはできそうだ。

これを鍋の中に入れたら、座敷でも温かい料理を出せるのではないだろうか。

「月也さん、ありがとうございます」

「どうしたのだ」

「これで盗賊を捕まえる料理が作れます」

「そうなのか？」

「月也さんはすごく同心に向いてますよ」

沙耶の浮き立った気持ちが伝わったのか、月也も嬉しそうに微笑んだ。

「では、ついでに」

「なんでしょう」

「腹が減った」

よく洗った石を、七輪の上で十分に焼く。石なので燃えてしまう危険はないから、安心して焼くことができた。

石が焼けるまでの間に準備をする。一瞬でぱっと煮えて美味しいものがいい。山芋をすりおろして、卵と混ぜる。そうして、鰹節でとった出汁を張る。冬なので、朝とっておいた出汁を使っても大丈夫だ。

だから最近は、朝多めに出汁をとることにしていた。

山芋の上に、刻んだ葱と叩いた梅干しを載せる。

そうしておいて、胡麻油を少しかけてから、月也のもとに運んだ。

飯も冷たくなったものをよそって月也の前に置く。ついでに自分の分も用意した。

「少しお待ちください」

そういって、焼けた石を準備して月也の前に座る。

「いま、これは冷たいですよね」

「うむ」

とろろの上に、焼けた石をすとん、と落とした。しゅわっという音がして湯気が立つ。胡麻油が温められた香りがたちのぼった。

「いい匂いだな」

月也が、嬉しそうにとろろを飯にかけた。沙耶も同じようにする。ここは味をたしかめておきたかった。

出汁を多めに張っておいたおかげでとろろは大分ゆるい。石で熱くなった汁が冷や飯をいい具合にほぐしてくれる。

炭火で湯を沸かすよりも安全でいいかもしれない。一気に温められたことで胡麻の香りもいい感じだ。

卵ととろろがうまく混ざりあって、なんともいえない旨さを出していた。

「これは寒い日にはもってこいだな」

「月也さんのおかげです」

沙耶は思わず礼を言った。

「俺はなにもしていない。沙耶が思いついたことなら沙耶の手柄だろう」

言いながら、月也は飯をかき込んだ。

「ところで、相談があるのですけれど」

「なんだ？」

「今度の捕り物、火盗改めの日下さんに協力していただきたいのです」

「なんだって？」

月也が驚いた顔をした。

「沙耶はあの人が嫌いではないのか？」

「沙耶は、ということは、月也さんはそうでもないのですか」

月也は、うーん、と、少し唸《うな》った。

「好きかというとそうでもないがな。でも、あれはあれでいい奴なんだ」

「本当ですか？」

沙耶は思わず聞き返した。火盗改めの日下新右衛門《しんえもん》は、月也の手柄をたびたび横取りする。そのうえで嫌味たらたらで、いい部分はひとつもないように思えた。

沙耶としてはできるだけ遠ざけたい人物なのだが、月也はあまり気にしていないのだろうか。

「あの日下さんですよ。嫌味ばっかり言って、手柄も横取りしていく」

「そうだな。だが、誰が解決したとしても事件が解決したには違いない。自分の手柄にこだわることもないだろう」

「それはわかりますけど、どこにいい部分があるのですか」

「ああ。なんだろうな。あれで横取りは悪いと思っているらしいぞ」

「本人から聞いたのですか」

「伊藤様が言っていた」

それだと本当かどうかは全くわからない。ただ、本当ならかなり嬉しいことではある。

「沙耶はなぜ日下殿の協力が欲しいのだ」

「町奉行所の同心に協力を仰ぐとなると、かなり大事になるでしょう。大事にするのであれば、最初から月也さんに話は来ないと思います。内々になんとかしたいからこその月也さんでしょう。だから火盗改めの方が都合がいいと思います」

火盗改めは、江戸の治安を守っている公的組織だが、町奉行所とは役割が違う。どんな場所にも入っていって捜査することができる。

ただし裁判権はない。

捜査によって手柄を立てることはできるが、結果には関与しない。だからつい先走って冤罪《えんざい》を増やし、町の人々に嫌われている。

気性が荒くて腕っぷしが強いことが多いから、捕り物の時に味方であるならこれ以上頼もしい存在はない。

ただ、奉行所のことは軽く見ているから、協力してくれるかどうかはわからないことではある。

「沙耶が協力してほしいなら、俺はかまわないよ」

「不愉快ではないですか？」

「事件が解決するなら気にするようなことではない。みんな江戸の街の平和を守りたいと思っていることには変わりないからな」

月也は屈託がない。

「わかりました、では、協力をお願いしてみましょう」

「ただ、それは沙耶がやった方がいいだろう。俺には協力はできないだろうからな」

風烈廻方同心の月也と、火盗改めの日下は職分がかぶる。頼みを聞くということは、形はどうであれ月也の下につくようなものだ。

普通に考えれば納得はしないだろう。

「わたしが頼むと納得してくれるのでしょうか」

「俺が頼むよりは波風が立たないと思う」

「わかりました。お願いしてみます」

月也がそう言うなら、きっとそうなのだろう。日下を見つけて頼んでみることにした。

「月也さんは今回は縁の下の力持ちですね」

「うむ」

月也が自信なさそうに頷いた。

あまり出番がない感じがして少しすねているのかもしれない。

しかたがない、と、沙耶はかりん糖を一本取り出して口にくわえた。

「一回だけですよ」

そういうと、月也は嬉しそうな顔をして。

かりん糖の端をかじったのだった。


さて、どうしよう。

朝になって、月也を見送ってから考える。もちろん沙耶は小者だから本来は月也と一緒に行動するのだが、今日は日下を探すことにした。

日下に協力を頼んでみるといっても、雲を摑《つか》むような話だ。まず、日下がどこにいるのか、見つけなければいけない。

町奉行所の同心であれば、それなりの縄張りというものがあるが、火盗改めには縄張りはない。てんでに歩き回っているといってもいい。

火盗改めは加役といって、本来の職分とは異なる臨時の職種になる。だから治安を守ってはいても宙ぶらりんともいえた。

それでも馴染んでいる場所はある。日下は日本橋にいることが多いようであった。

単純にお金が手に入りやすいからである。

言ってしまえば庶民の「寄付」で生活しているようなものだから、金持ちのいる辺りが過ごしやすいのは当然であった。

どうしよう、と思う。月也と一緒では駄目だろうし、一人で行くのも心許ない。やはり火盗改めが相手だと少々気おくれする。

いつものことだが、牡丹に付き合ってもらうことにした。

牡丹なら日下が相手でも物怖じしないだろう。腹が据わっていて頼りになった。沙耶よりもずっと年下なのに頼ってばかりである。

他の方法は見つかりそうにない。とりあえず深川に向かうことにした。

すっかり馴染んでいる道を通って牡丹の店に行く。あいかわらずの行列をかきわけた。

「沙耶様」

牡丹の嬉しそうな顔を見ながら、沙耶は切り出した。

「じつは、お願いがあるの」

「はい。わかりました」

「用件を聞かないの？」

「沙耶様の頼みならなんでもお引き受けします」

牡丹があっさりと言う。

「ありがとう」

沙耶は礼を言った。

「甘えすぎかしら」

「もっと無茶をおっしゃってもいいんですよ。嬉しいです」

牡丹は本当に嬉しそうだった。

沙耶には姉妹はいないが、牡丹はまるで妹のようである。だからなんとなく甘えてしまう。

「あのね。火盗改めの日下新右衛門さんを見つけたいの」

「あいつ、なにかやったんですか」

牡丹がいやな顔をする。

「嫌いなの？」

「あいつを好きな奴がいるなら見てみたいです」

たしかに牡丹の気持ちはわかる。嫌味を言ううえにたかりまでするのだからタチが悪い。たかりだけならまだしも、ゆすりまでする。

ゆすりというのは岡っ引き用語だ。人のあらを探してゆするように取り調べるからゆすり。そして金を出すと止まる。

町人からすると、治安を守る側としての評判は良くないのである。

「今回は、あの人に協力をしてもらいたいのです」

「なぜですか」

「月也さんだけでは、捕り物は無理ですから、火盗改めにも協力してほしいのよ」

沙耶に言われて、牡丹も考え込む。

「そうですね。捕り物ということを考えるなら、火盗改めがいた方が盗賊には脅しがきくでしょう。刃物を抜いて暴れられたりしたら厄介ですからね。いけ好かない奴ですが、重しという意味ではいた方がいいでしょう」

「協力を頼みに行くのに、一人だと心許ないの。だからついてきてもらえないかしら」

「日下ですね。それなら問題ないですよ。頼みましょう」

「日下さんだとなにかあるの？」

「ええ。あの人は女の気を引きたいわりに、やることがすごく下手ですからね。そのせいで色々と揉《も》め事が多いんです。音吉姐さんがけっこう火消しをしているんですよ」

「音吉が？」

「火盗改めは鬱陶《うっとう》しいですけど、芸者にとってはいてくれた方がありがたいんです。用心棒としてね。本来は芸者の用心棒などやらないのですが、美人の芸者ともなれば火盗改めもいやな顔はしないですからね」

芸者は客商売だけに、好き嫌いだけではすまないのだろう。

「音吉姐さんが行くと借りになってしまいますから。わたしが行ってあやしてきます」

たしかに牡丹なら、日下のことも簡単に操れそうだった。

「よろしくお願いするわね。でも、一体どこにいるのかしら」

「すぐに、山本町《やまもとちょう》に現れますよ」

「どこかで遊ぶの？」

「いえ。お役目です。どうやらその辺に盗人宿《ぬすびとやど》があるようなんですよ」

「そうなのね。あの人も仕事をするのね」

「いやな奴ですが、火盗改めは仕事には真面目です。ぶらぶらと遊んでるように見えてしっかりと探索していることも多いんですよ」

「それにしても山本町にそんな宿があるのね」

「珍しいですけれどね。大抵は宿なら船宿で、後は知りあいの家に泊まるくらいです」

江戸は宿には厳しい。そこらに簡単に旅籠《はたご》があるものではない。だから山本町に旅籠があるとしたらもぐりだろう。

どこかの民家が勝手に旅籠を営んでいて、そこに盗賊が泊まっているということかもしれない。

「それだと話しかけるのは悪いかしら」

「そんなことはないでしょう。見張りなんて退屈だから、かえって嬉しいんじゃないですか」

牡丹は日下には辛辣《しんらつ》な感じである。

「それなら、山本町に行きましょう。でも、わたし目立つわよね」

沙耶は男装だから、盗賊にわかってしまうかもしれない。そうだとしたら火盗改めの仕事の邪魔をしたことになる。

「ですから、呼んできますよ。沙耶様は蕎麦屋にでもいてください」

「わかった。では、稲葉屋にいるわ」

そう声をかけると、稲葉屋に移動する。

富岡八幡《とみおかはちまん》近くの蕎麦屋は朝が早くて夜も早い。お参りの客に合わせて店を開けるからだ。だから朝からでも普通に蕎麦を食べることができる。

店に行くと、もう蕎麦屋は満席で、とてもではないが食べることはできそうにもない。参拝客らしい人々でいっぱいであった。

辺りを見ていると、少し怪しい連中がいる。小者になって以降あちこち見ているから、なんとなく怪しい人の気配がわかるようになっていた。

普通に暮らしている人は、周りの気配などあまり気にしない。ふらふらと辺りを見るにしてもそれは単なる冷やかしで、特に意識しているわけではない。

反対に意味なく外見を気にしたり、何か来ると後ろを振り返ったりする人間は怪しい。それでも露骨に気にしている人間はたいしたことがなくて、さりげなくあたりに気を配る人間があぶないのである。

蕎麦屋に並んでいる客に、ひとりだけ不穏な空気をまとっている男がいた。歳のころは四十歳くらいだろうか。

ごく普通に立っているだけに見えて、あたりに気をくばっている。誰かを待っているのに違いなかった。

単純に腹を満たすだけなら、混んでいる蕎麦屋は避ける。そうでなければここよりもさらに人でごったがえしている慳貪《けんどん》蕎麦に行くだろう。

だから、誰かと待ち合わせるために選んだ蕎麦屋に違いない。

沙耶は男の顔を見るのを避けて足元を見た。

人間というのは不思議なもので、顔を見つめられていると、なんとなく気配を感じるものなのだ。だが、足元を見られているぶんには、気配は感じない。それでいて足には個性が出るから、覚えやすくもあるのである。

その男の足は、かなり日に焼けて黒くなっていた。足の皮も随分と厚いようで、普段からかなり歩いていることが見てとれる。

江戸っ子はよく歩くが、足の皮が厚くなるというと、もっと激しく歩いていることを意味していた。

飛脚《ひきゃく》の場合はまた別の特徴があるので、男は飛脚ではない。駕籠人足《かごにんそく》でもない。雰囲気としては、なにか荷物を運んでいる人間の足だ。

そう考えていると、牡丹が日下を連れてきた。

「おう。ぼんくらの女房じゃねえか」

日下が声をかけてくる。

男は、日下の姿を見ると、なんとなく空気に溶け込むようにいなくなった。

「なんの用でえ」

日下が、高飛車《たかびしゃ》な口調で沙耶に話しかけてきた。

「用事もですけど、あの蕎麦屋にいまから怪しい男がきますよ」

いまの男は消えたが、待ち合わせをしていたはずの相手にはなにも伝わっていない。だから蕎麦屋までやってくるはずだ。

日下もなにか察したようだ。

「おう。牡丹。そこの辻番屋に男が二人くらいたむろってるから連れてこい。日下に頼まれたって言え」

「わかりました」

牡丹が素早く動く。

「勘がいいな。女房」

「女房ではなく、沙耶と呼んでください」

沙耶が言うと、日下が困ったような顔をした。

「どう呼んでいいかわからねえんだ」

たしかにそうかもしれない。沙耶はあくまで小者だから、「沙耶殿」というわけにもいかない。といっても他人の妻だから「沙耶」と呼び捨てするのも気が引ける。考えた末での「女房」なのだろう。

だとすると思ったよりはいい人なのかもしれない。

「気にせず沙耶で。小者ですから」

重ねて沙耶が言うと、日下がやっと頷いた。

「わかった。沙耶。で、なにを見たんだ」

「怪しい男です。四十歳ぐらいでしょうか。立ち居振る舞いがどうにも普通の人ではないような気がします。あの蕎麦屋で誰かと待ち合わせをしていたと思われるので、相手がやってくるでしょう」

「そうか。そいつは助かるな。それにしても、昼間にこんなところに蕎麦を食いに来るなんて、もし盗賊なら間抜けな話だ」

「これだけ人が多いからこそでしょう。人の少ないところで怪しい男達が集まっていたら、目立って仕方がありません」

しばらくすると、辺りを気にしたような男が二人やってきた。

「お。少々小物だがいい勘してるな。あいつらも俺たちが追っている連中さ。だとすると沙耶が見たのはもう少し大物だな」

日下が真面目な顔で考え込む。ここで取り押さえるのか、泳がせるのか考えているのだろう。小物を捕まえているうちに、大物が逃げてしまうかもしれないからだ。反対に、小物を取り押さえて吐かせるという手もある。

「日下さん、お待たせしました」

男が二人、日下のもとにやってくる。火盗改めの手下に違いない。火盗改めが使っている手下は、町奉行のそれとは一味違う。

岡っ引きは、言ってしまえばヤクザで、あたりに顔が利くことを求められて十手を渡される。

しかし火盗改めはほとんどが元盗賊を使う。自分たちならどうやって盗むか、を中心に考える。そのうえ、かつての知り合いだった盗賊を見つけたりするので、捕まえる側としてはかなり有能な存在だ。

そのかわり元盗賊だから気性も荒い。奉行所で使えるような人材ではなかった。

沙耶は普段接しない人々なので、つい眺《なが》めてしまった。

「俺の顔になにかついてますかい。お嬢さん」

男がじろりと沙耶を睨む。

「すいません。つい」

「まあ、本格の元盗賊を見る機会なんてないでしょうからね。いい見世物です。俺は霧衛門《きりえもん》っていうんだ。よろしく」

「沙耶です」

「男装の十手持ちだろう。知ってますよ」

霧衛門はそういうと、蕎麦屋の男の方を見た。

「ああ。くちなわのところの小僧ですね。あいつ、江戸に戻ってきたんですね」

「くちなわってことは、蛇ですね。毒を使うんですか？」

「いえね。毒も使うんですが、あいつら全員泳げるんですよ。泳げる盗賊なんてあいつらくらいです」

「泳げるんですか」

沙耶は思わず声を出した。

泳ぎというのはかなり特殊な技術だ。江戸っ子の多くは「泳ぐ」ことはできない。川に落ちたら大体死んでしまう。

だから、泳げるだけで追手をまくこともできるのだろう。蛇は泳ぎが上手だから、くちなわという名前になったに違いない。

「あいつらがここにいるということは、なにか企んでるんですね」

「だが、なにを狙っているのやら」

「あ」

沙耶の中で、なんとなく繋がった。最近の船強盗とは、火盗改めが追っているくちなわのことではないのだろうか。

「あの、わたしに考えがあるのです」

「なんだ。考えというのは？」

日下が怪訝《けげん》な顔をした。

「最近、遊山船を狙った盗賊がいるのです」

「ほう。それは知らなかった」

日下が興味深そうな顔をした。

「くちなわがそれかもしれないな。霧衛門はどう思う？」

「そうですね。ありそうな話です。ただ、川の上で捕まえるのは難しいでしょう。どの船に来るのかがわからない」

「そこなのですが。じつは、盗賊に踏み込まれるような船を仕立てようと思っているのです」

「どういうことだ？」

日下が食いついてきた。

沙耶が説明すると、日下と霧衛門が顔を見合わせた。

「そいつは面白いですね」

いままで黙っていたもう一人の男が口を挟んできた。

「あ。俺は助市《すけいち》っていうんですよ。よろしく」

そう名乗ってから、助市は三人を見回した。

「俺と霧衛門さんは、まだ火盗改めの密偵《みってい》だというのは知られていない。だから、俺たちが船強盗を働くという話を流しましょう」

「皆さんが？」

沙耶が聞き返す。助市が頷いた。

「そうですよ。盗賊は儲け話に弱いですからね。俺たちが下足番としてその船にひそんでやりますよ。そうして一網打尽《いちもうだじん》って言う寸法だ。それにそんな船なら他の盗賊も狙いそうですからね。一気にいろんな連中をお縄にできるんじゃないですか」

確かに盗賊が一組だけとは限らない。一気に数多くの盗賊を捕まえることができるかもしれない。

「その時に、月也さんだけでは捕まえきれないと思うのです」

「それでこの俺に協力を頼みたいということか」

「はい。日下様なら頼りになると思って」

少々歯の浮くような言葉でも使おうと思っていた。が、その必要もなく、日下は身を乗り出してきた。

「俺がいいのか？」

「はい。手柄はもちろん日下様のものでいいです」

ここはもう手柄は諦めるつもりだった。日下の嫌味も多少は我慢するつもりだ。

「そうかそうか。お前は分かってるな」

日下はなんだか嬉しそうである。

手柄をもらえるのが嬉しいのかもしれない。

「まあ、俺に任せておくといいよ」

「ありがとうございます」

沙耶は頭を下げた。

思ったよりもあっさり日下が了承してくれてほっとする。牡丹の方を見ると、牡丹は当然だという顔をしていた。

もしかしたら、沙耶のところに来る前に牡丹が話をしてくれたのかもしれない。

「では、またご連絡します」

「おう。深川の山本町のところの番屋にしばらくいるからよ。いつでも声かけてくんな」

山本町の番屋といえば、猪口橋《いのくち》のそばにある自身番だろう。そこに詰めて盗賊の様子を窺《うかが》っているらしい。

日下は上機嫌で去っていった。

「よかった」

沙耶が大きく息をつく。

「まあ、あんなものでしょうね」

「牡丹がなにかしてくれたのね。ありがとう」

「なにもしてませんよ」

「では、なぜあんなにあっさりと了承してくれたの」

「沙耶様が頼んだからですよ」

牡丹が当たり前のように言う。だが、沙耶にはその理屈がわからない。

「どうしてわたしが頼むといいの？」

「そうですね。なんと言えばいいのでしょう。沙耶様は火盗改めのことをよく知らないですよね」

「ええ。付き合いはないから」

「わたしは火盗改めは嫌いですが、あれはあれでなかなか辛い立場にいるんです」

「そうなの？」

「それはそうですよ。自分たちが庶民に好かれていないことは、本人たちが一番よくわかっているでしょうからね。嫌われている相手を守るのが仕事って、辛くないですか」

「それは確かに辛いわね」

沙耶は皆の好意に支えられているから、その気持ちは実感はできない。だが、嫌われているのであれば辛いには違いないだろう。

だからより態度が厳しくなるのかもしれない。

本当の日下は、月也のいう通りいい人なのかもしれない。

「案外いい人なのかしら」

「それはないです」

牡丹があっさりと言った。

「そこまでは思わなくていいです。ただ、あの人も頼られたいんですよ。沙耶様に頼られるのが嬉しいんです。だから協力してくれるでしょう」

「そういうものなのね」

「沙耶様は美人ですし、お役目も明らかにうまくいってるじゃないですか。そういう人に頼られるのは嬉しいんですよ」

牡丹は軽く笑った。

「だとすると、ますます頑張らないといけないわね。今後火盗改めといい関係が築けるなら、それに越したことはないでしょう」

「火盗改めと良い関係を築きたいなんて思う人は、いないですからね」

「同じ江戸を守るお役目なのだし」

「同じなんて思う人もいないですよ」

牡丹は今度は声をあげて笑った。

「そもそも今まで仲が悪かったわけですし。沙耶様も月也様も、あっという間に他人を許せるのはすごいと思います」

「許すも何も、いい人だと分かったならそれでいいのではないかしら」

「今回いい人なら次回もいい人とは限らないですから」

言ってから、牡丹はぽん、と手を叩いた。

「そうですね。日下にこれからもいい人でいてもらう工夫をするのは悪くないかもしれません」

「どうやるの？」

「甘えるんですよ。火盗改めは怖すぎてみんな近寄らないけど、それだけにうまく甘えられれば懐に入れるでしょう」

思ったよりもいい人だとは思っても、甘えるのは難しい気がした。

「いずれにしても、後は準備をするだけですよ」

「いつ頃船に乗るのがいいのかしら」

「十日もあれば十分でしょう。噂は早いから」

牡丹はそういうと、少し考え込むような顔をした。

「沙耶様はそれまで普通に過ごしてください」


「火の｜用｜心」

大声で叫ぶと、拍子木《ひょうしぎ》を打つ。

風烈廻方同心の一番の仕事はこれである。凶悪犯罪は火盗改めにまかせて、市中を見回るのが本来の姿だ。

真面目な仕事ではあるが、夫婦二人でこうやっているとまるで散歩のようである。一日歩いて、途中で蕎麦を食べたり、最近できた握り寿司をつまんだり。

平和といえばこれ以上平和なことはない。

家で夫を待つ生活も悪くないのかもしれないが、二人で一日歩いている方が沙耶の肌には合っていた。

「そういえば、日下殿は案外簡単に協力してくれたのだな」

「はい。拍子抜けするほどあっさりでした。牡丹がうまくやってくれたのです」

「牡丹にはいつも世話になっているな」

「本当です。一度きちんとお礼をしないといけないですね」

「そうだな」

月也はそう言うと顔を赤くした。

「どうしたのですか」

「いや、牡丹は美人だなと思ったのだ」

どうやら、かりん糖遊びのことを思い出したらしい。

たしかに牡丹は誰が見ても美人だから、気持ちはよくわかる。沙耶にしても、牡丹の顔を間近に見たときのことを思い出すと顔が赤くなる。

「あんなに綺麗だといいですよね」

「沙耶も美人だけどな」

そう言うと月也は横を向いた。

「ありがとうございます」

正面切って言われるとさすがに恥ずかしい。

月也が照れたのをごまかすかのように叫んだ。

「火の一用一心」

あちこちから同じような掛け声がかかる。この時期は、同心だけではなくて町のあちこちで見回りが歩いている。

冬場は乾燥するから、ちょっとしたことで火が出てしまうのだ。台所からの出火はあまりないが、行灯《あんどん》が倒れるのが危ない。

鰯油《いわしあぶら》が畳にしみ込むとあっという間に火事になってしまうからだ。だから、見回りは小火《ぼや》を見つけるためのものともいえた。

といってもみんな気をつけるから、そうそう見つかるものでもない。

「準備はどうだ。沙耶」

「順調です。月也さんには、奥で帳場の手伝いをしていただきます」

色々考えたのだが、例えば下足番のように人に顔を見られてしまう立場だと、誰かが月也に気づくかもしれない。

かといって、あまり実務的なこともできないから、帳場がいいと思ったのだ。

それならいざという時に出動もできるし、不自然さもない。

「お。噂をすれば日下殿だ」

月也が屈託なく言った。先日の件があるから、沙耶としては日下がどのような態度をとるのか気になった。

日下のほうも気づいたらしい。先日も連れていた二人を引き連れて、月也の前にやってくる。

「おう。ぼんくら」

「こんにちは。日下殿」

それから日下は沙耶を見て一瞬言葉につまったようだった。それから困ったような表情になると、やや小さい声を出した。

「元気か。沙耶」

「はい。おかげ様で」

沙耶が頭を下げると、日下はなんだか勝手が違うという様子である。

「ちっ。なんだか毒づく気持ちにならねえな。調子が狂う。まあいいや、今回は俺が手伝ってやるから、捕り物の方は安心しろ」

そう言うと、日下はさっさと行ってしまった。

「沙耶を沙耶と呼ぶのが恥ずかしかったんだな。日下殿にも恥ずかしいという気持ちがあると思わなかったな」

「真心が通じたと思っておきましょう。それにしても月也さんの言う通り、思ったほど悪い人ではないのですね」

「火盗改めは誤解されやすいからな」

それにしても、自分が嫌がらせを受けている立場で、相手のことを誤解されやすいと思える月也は本当にすごいと思う。

「あとは当日が楽しみですね」

沙耶が言うと、月也も大きく頷いたのだった。

そして当日。

船の中には、「沙耶組」のほとんどが集結していた。中心になるのは音吉で、芸者のまとめ役である。

歌と踊りを担当する大妓《おおやっこ》という役割だ。おりん、おたま、牡丹、沙耶はお酌をする係で、小妓《こやっこ》という。

音吉のような美人が大妓を務めるのは珍しい。通常、歌や踊りのうまい大妓は顔はそこそこで、お酌をする小妓を美人が務める。

客からの心付けはむしろ小妓に入るから、美人は小妓をやりたがるのだ。

音吉の場合は圧倒的な美貌と技があって、あえて大妓として立っているのである。

だから音吉は深川一美人の大妓として名を馳《は》せていた。

「この座敷は美人が揃ってて嬉しいねえ」

音吉が満足そうに言う。

「深川で一番だって言えるよ」

料理は狭霧とさきが担当する。沙耶も下ごしらえには参加する。盗賊を含めた客に、とにかく楽しく過ごしてもらわないといけない。

下足番は霧衛門と助市が担当である。

日下は休んでいてもらうことにした。うかつに顔を出されるとうたがわれそうで困る。

賭場も用意してある。

これは、沙耶が壺振《つぼふ》りをする予定であった。

厨房で準備していると、霧衛門があわてたように厨房に入ってきた。

「おう。沙耶さん。大変だぜ」

「どうしたのですか」

「この船はまるで盗賊船ですぜ。次々に盗賊が入ってきやがる」

「そうなの？」

「ええ。それなりに名の通った親分が三人も来てますよ。これは、あとで相当な数の盗賊が押し込んでくると思った方がいいです」

「なぜそんなことになったのかしら」

「薬が効きすぎたんですよ。ここに乗ればたっぷりお宝がありそうだっていうんで、みんなやってきたみたいです」

「どんな人が来ているのですか？」

「一人は俺たちが張っていたくちなわの三十郎《さんじゆうろう》。泳ぎが得意で神出鬼没です。それから、すばしりの源三《げんぞう》。こいつも十年以上捕まらずにやっています。不動滝《ふどうたき》の甚吉《じんきち》。背中に不動明王《みようおう》を背負って、明王の加護で捕まらないと言ってます。たいした腕っぷしで、相撲《すもう》取りにも負けないらしいですぜ」

なんだか大変な顔ぶれのようだ。

「それはすごいな」

後ろにいた月也が息をついた。

「ご存じなのですか？」

「そうだな。もし一人でも捕まえたら大手柄だ。三人もいるとなると、日下殿も鼻が高いだろうな」

「うむ。高い」

月也の後ろから日下が姿を見せた。

「だが、高すぎるな」

「高すぎる？」

「手柄が大きすぎるんだよ」

日下が困った顔をした。

「どういうことですか？　手柄は大きい方がいいでしょう」

「一人ならな。だが三人も捕まえたとなると詳細な報告も必要だ。偶然捕まえましたってわけにはいかないからな。そしたらどうしたって、そこのぼんくらと手を組みましたってことにしないわけにいかないだろう」

確かに大物を三人も捕まえたら、偶然ではすまないだろう。どうしたって上役に細かく報告することになるし、どうして船に乗り込んでいたのかという説明もいる。

「ではどうすればいいのでしょう」

「今回はお前たちの手柄でいい。俺には扱えない。手伝った、くらいは言ってもいいかもしれないが、俺は中心になれないな」

「言い張ればいいのではないですか？」

「うちの頭は俺の能力くらい存じておられるよ。嘘をついたところでバレるのがおちだ。俺が大物を一気に三人も召し捕る罠《わな》を張れるとは思っていないだろう。今回の手柄は諦める。お前たちでとるといいよ」

「本当にいいのですか？」

沙耶が尋ねると、日下は首を縦に振った。

「もちろん手柄は欲しいが、過分な背伸びはかえって自分の評価を下げるからな。残念だが仕方がない。その代わり今度のことは貸しにしておくからな」

日下は忌々しそうに舌打ちした。

「わかりました」

沙耶は頭を下げた。欲張りな男だと思っていたが、それなりに自分の器《うつわ》というのは理解しているらしい。

賊は次々に入ってくる。と言っても多すぎてはさばけない。全部で五人の座敷であった。坂倉屋と富田屋以外は盗賊だ。

音吉が、全員を引き連れて客の前に手をついた。沙耶たちもならう。

「ごめんなさい。ありがとう」

音吉が型どおり挨拶する。全員が唱和した。それから、小妓役の沙耶たちが、お酌のために旦那衆の前に座った。

沙耶は富田屋の前に座る。

「沙耶吉です。よろしくお願いします」

権兵衛名を名乗ると、富田屋はそしらぬ顔で頷いた。

さきと狭霧が、まず簡単な料理と酒を持ってくる。今日の料理はくずした料理で、主菜の鍋以外はわりと簡素なものである。

仕出しをとることができない分、工夫が必要なものだった。

こういう座敷では客を待たせることはいけないから、まずは簡単でも満足のいくものを出す。

さきが、沙耶の目の前に料理と酒徳利をおいた。

「とろろ豆腐と胡麻おはぎでございます」

目の前におかれたのは、とろろ芋をかけた豆腐と、胡麻をまぶしたおはぎである。

沙耶が改めて富田屋たちの前に並べる。

「ほう」

沙耶が差し出すと、富田屋は箸《はし》を手にするが、ごく当たり前の料理だけに、あまり興味はないようだ。沙耶がお酌をすると、富田屋は一杯飲んでから箸を伸ばす。

豆腐を口にした瞬間、富田屋の顔色が変わった。

「これは？」

「どうされましたか」

「このとろろは……鮑《あわび》か」

「うむ。鮑をたっぷりすりおろしてとろろに混ぜ、豆腐にかけてある」

富田屋は感心した顔をした。

「これは贅沢をした。このような料理は考えたこともない。まるで山芋だけのような顔をして豆腐の上に載っているのも心憎い」

それから、胡麻のおはぎの方にも箸をつける。

「これもだ。米を鮑と一緒に炊《た》き上げてある。これは鮑づくしですな」

富田屋が相好《そうごう》をくずす。

狭霧の工夫が功を奏したようだ。

富田屋が懐から祝儀袋を出した。

「これを板前さんに渡してくださいよ」

「ありがとうございます」

沙耶はほっとして受け取った。これは演技ではないだろう。富田屋だけではなく、坂倉屋も、盗賊の親分たちも満足そうな表情をしていた。周囲への気配りを忘れるほど美味しいようだ。

「案外人数が少ないんですね」

すばしりが、ゆったりとあたりを見回した。

「あまり多いとつまらないではないですか」

坂倉屋が鷹揚《おうよう》に言う。

「紀州《きしゅう》で梅を商っています、和歌山屋《わかやまや》です」

すばしりが挨拶をする。

「日本橋で札差を営んでいる坂倉屋です」

「ほう。札差」

すばしりの眼が輝いた。

「今日は格別の遊びがあると聞いてね。楽しみです」

それから、坂倉屋は部屋の隅に眼をやった。

「少々小遣いも多めに持ってきてありますよ」

部屋の隅に、風呂敷をかけた箱が置いてあった。

「あれは」

「お遊び用の銀ですよ」

「ははあ。紀文《きぶん》遊びをやりなさるおつもりで？」

横からくちなわが口を挟む。

「お。ご存じですか」

「多少はね」

「それはどのような遊びなのですか」

沙耶が思わず訊いた。

「昔、紀伊国屋文左衛門《きのくにやぶんざえもん》がね。雪の積もった庭に小判を撒《ま》いて人に拾わせ、雪かきをしたと伝えられているのです。それで、豆板銀《まめいたぎん》を座敷に撒いてご祝儀として拾ってもらうのを紀文遊びというのですよ。銀を使うのは雪を思わせるからです」

「いやいや。なかなか風流ですね」

くちなわが笑顔になる。

座敷いっぱいに豆板銀を撒くとなると相当な量だろう。盗む側には興味深いに違いない。ただ、沙耶からすると、座敷に撒かれた銀を拾うのは恥ずかしくてできそうもない。

音吉が三味線を弾き始めた。

「諦めましたよ　どう諦めた　諦め切れぬと　諦めた」

音吉の歌が響く。

「名古屋節《なごやぶし》か。なかなかいいね」

坂倉屋が手を叩いた。

「野暮なこと言わないでくださいよ。最近じゃ都都逸《どどいつ》って言うんですよ」

「そうかい。そいつは知らなかった」

沙耶は聞いたことがなかったが、最近流行りの歌らしかった。

音吉の都都逸に合わせて皆が酌をする。富田屋と坂倉屋は楽しんでいるようだが、盗賊の方はどことなくそわそわしだしたようだった。

いつ手下が乗り込んでくるのかを考えているに違いない。

さきと狭霧が、全員の前に鍋を並べた。

鍋の中には鱈と豆腐、葱、薄く切った蕪と大根が入っている。

「温石鍋ですよ。温めた石が入っていていつまでも温かいです」

「ほう。鱈は坪抜《つぼぬ》きかい。いいね」

不動滝がにやりと笑った。

この鱈は美味しいという以上に縁起ものでもある。坪抜きとは腹を割かずに口などから内臓をとって塩漬けにする方法で、切腹を避けるという意味で縁起がいいのである。

味ももちろんいいが、「失敗を避ける」という意味があるのだ。この鱈の縁起が沙耶と盗賊のどちらに微笑むかはこれからである。

狭霧たちが、鍋に焼けた石を入れてまわる。しゅわっという音がして、鍋が一気に沸騰した。湯気といい香りが立ち上る。

「これはいい工夫だね。また来たくなる」

富田屋がにこにこと笑顔になる。

「ぜひいらしてください」

いいながら、沙耶が酌をした。

「ではそろそろお遊びの時間です」

狭霧が沙耶を呼びに来た。

「はい」

沙耶は奥に引っ込んだ。奥では月也がぐったりとしている。

「どうしたのですか」

「鮑をすりおろして疲れてるんですよ」

狭霧が笑いながら言った。

「月也さんがおろしたのですね」

固い鮑をおろすのは大変だったろう。

奥を見ると、日下がはしごと投網《とあみ》を用意していた。

「なにをしているのですか」

沙耶が小声で言う。

「相手はなかなか強いからな。はしごを準備しているんだ。どんな強い男でも、はしごに引っかかれば身動きがとれない。一番良い道具なのさ。投網もそうだ。これにからまれたら人数が多くてもどうにもならない。なに、誰でもいいんだ。手下がやってきたときに、親分の動きを一瞬止めることができればいいんだよ」

どう使うのかは沙耶にはまるでわからない。

「さあいよいよです、頼みますよ。沙耶さん」

狭霧に言われて、準備をする。

今日の沙耶は、男装をしたうえで片肌脱ぎでサイコロを振る役であった。丁半《ちょうはん》ではなくて、賽本《さいほん》引きという遊びだ。壺の中のサイコロは一個である。

壺の中のサイコロの目が一から六のどれかを当てる遊びだ。本来博打なので金を賭けるのだが、今回は座敷遊びのため金は賭けないらしい。

「本当に脱がないといけないのですか？」

「そういうものですから。頑張ってください。大丈夫ですよ。船の上なんだし」

さらしも巻いたし、片肌を脱ぐくらいはたいしたことはないともいえるのだが、皆の前で服を脱ぐのはやはり勇気がいる。

肌に注目されているようで恥ずかしい。

「沙耶様が注目されてくれないと駄目なのですって」

さきが楽しげに言う。

「嬉しそうね」

「だって沙耶様が美人だってみんなが思うのは嬉しいんです」

「なに言ってるの。これは捕り物なんだから」

言いながら覚悟を決める。手下が船に乗り込んできたときに、親分たちの注意が沙耶に向いているのが望ましかった。

親分と手下に同時に暴れられると大変だ。

日下たちが人数の多い手下を抑え込んでいる間に、月也たちが親分を捕らえる手筈《てはず》だった。先に親分を縛ってしまうと、手下たちになんらかの方法で外に連絡されるかもしれない。

沙耶は座敷に出ると、左の肩をはらりと脱いだ。全員の視線が自分に集まるのがわかる。正直言ってかなり恥ずかしい。

左手に壺を持ち、右手にサイコロを持つ。

丁半と違って、賭ける数字が六あるから当たりにくい。賭場ではもう少し当たりやすくするのだが、今回はお遊びだからあくまで六つに一つである。

「外れれば十両、当たれば誰でも何でも一つ言うこと聞くってあたりでどうだい」

胴元《どうもと》が言う。

どう考えても外れる方がずっと多い。それだけに、当たった時の見返りは怖いものがありそうだった。

「では、入ります」

壺を振って、床に置く。

「一だ」

「俺は三」

「四だな」

皆がてんでに賭ける。客は五人。サイコロの目は六。皆がばらばらの目にかけたら、たいてい誰かが当たりを引くのではないだろうか。

嫌な予感がしつつ壺をあけると、一だった。

「俺の当たりだな」

くちなわがにやりとした。

「誰になにをしてもらおうかな」

辺りを見回す。

「かりん糖遊びはいかがですか」

牡丹が、くちなわを相手にかりん糖を取り出した。

片方の端をくわえて牡丹が微笑むと、くちなわが牡丹の顔に見入るようにして黙った。

「かりん糖はお嫌いですか？」

牡丹に言われて、くちなわが苦笑した。

「しかたねえな。お前でいいよ」

言いながら、かりん糖の端を口にくわえる。

そのとき、入り口でかすかに人の足音がした。音を殺そうとはしているが、人数が多いらしく殺しきれていない。

味方の全員に素早く目配せした。盗賊たちは牡丹の方に目がいっていて、沙耶たちの気配には気づいていないようだった。

牡丹を残して、素早く後ろにさがる。

「主《ぬし》さん、急いで」

おりんとおたまが富田屋と坂倉屋の袖をつかんで引っ張った。

その一瞬で、盗賊たちも気がつく。

「御用だ！」

沙耶は叫んだ。

「御用だ！」

音吉も叫ぶ。おりんも、おたまも、一斉に叫んだ。唯一牡丹だけが、悠然とくちなわに抱きついている。

月也が投網を持ってくるなり、盗賊の親分たちに向かって投げた。牡丹もろとも、盗賊が投網にかかる。

同時に、手下たちがなだれ込んでくる。

「火盗改めだ。神妙にしろい！」

日下が一喝した。

火盗改めという言葉を聞いて、手下たちがひるんだ。

「奉行所だ！　神妙にしろ！」

月也も叫んだ。

外から、呼子《よぶこ》の音がする。どうやら、船が囲まれているようだ。この船を包囲している捕り方がいるらしい。日下が呼んだのではないかと思われた。それを見た手下たちがあがこうとする。

「おう。諦めろ」

くちなわが言った。

「無駄に迷惑かけるんじゃねえ」

その一言で、手下も諦めたらしい。

「おう。この網を片付けてくんな。こいつが苦しいだろうよ」

くちなわは牡丹を抱えるようにして守っていた。網が片付けられると、牡丹から体を離す。

「ありがとうございます」

「それにしても大した度胸だな。こんなことして、俺に殺されるかもしれないんだぜ」

「いいですよ。心中しますか」

牡丹が薄く笑う。それは真面目ともとれるし、からかっているともとれる表情だが、くちなわの目をまっすぐ見つめていた。

「俺と死んでくれるっていうのか？」

「おのぞみなら」

その場の全員が牡丹たち二人を見つめていた。他の盗賊の親分も、手下も、全員が行く末を見守っているかのようだった。

やがて、くちなわが声をあげて笑った。

「やめておけよ。俺みたいな悪党に付き合って死ぬことはねえ。でも、なんだか嬉しかったぜ。一緒に死ぬって言ってくれて」

それからくちなわは立ち上がると、懐から金を出した。

「これをやる。少なくてすまねえな」

くちなわが渡したのは百両だった。

「少々多すぎです」

牡丹が言うと、くちなわがおいおい、という表情になる。

「俺はもう死ぬんだ。いらねえ金さ」

「ではいただきます」

「お前、いい女だな」

「ありがとうございます」

それから、くちなわは月也の方を向いた。

「俺はどっちに捕まればいいんですかね」

月也が、あわてて辺りを見回した。

「俺だな。俺」

「しっかりしてくださいよ。旦那。あと、こいつがこれから悪い奴に引っかかることがないように、よろしく頼みます」

くちなわが牡丹を優しげに見ながら言う。

「わかった」

月也が頷くと、他の二人が文句を言い出した。

「おいおい。お前だけ何で妙な見せ場があるんだよ。俺たちの影が全然ねえじゃねえか」

不動滝が不満そうな顔をする。

「俺と心中してはくれねえのかよ」

すばしりも文句を言った。

「駄目ですよ。こちらの主様だけです」

牡丹が冷たく言った。

くちなわが得意そうな顔になる。

「まあ、人間の出来が違うってところだな」

捕り物とは思えないなごやかな雰囲気が一瞬流れる。そこへ、

「御用だ！」

火盗改めの捕り方がなだれ込んできた。

盗賊たちは皆つきものが落ちたような顔をして捕まっていく。

「もしこれが芝居だったとしても、俺は恨まねえぜ」

くちなわが牡丹に言う。

「そしたら殺してください」

牡丹が真顔で返す。

くちなわは満足そうに笑うと捕り方に引かれていった。

「俺も行くぜ」

「俺もだ」

不動滝、すばしりが続く。

月也と日下、霧衛門、助市も去っていった。

あとには沙耶たちだけが残った。

「すごいわね。牡丹」

「何がですか」

「盗賊を相手によくやったじゃない」

「全然たいしたことないですよ。盗賊といっても人間だし、チンピラなら少々怖いですが親分ですから。むやみに他人を傷つけたりしないんです。それよりも」

牡丹はいったん言葉を区切った。

「男だってばれなくてよかったです」

少々おどけた口調で言い、なんとなくそれで場の雰囲気が明るくなる。

「今日はもう飲んじまおうか」

音吉が言うと、それだけで宴会の空気になっていく。

「でも牡丹にはいつも本当に助けられているわ。なにかお礼をしないといけないわね」

「そんなのいいですよ」

「でも、なにか言ってくれると嬉しいわ」

「では、ひとつわがままを言っていいですか?」

「いいわよ」

牡丹は、かりん糖を一本取り出した。

「かりん糖遊びをしていただいてもいいですか?」

十二月の半ばにさしかかると、江戸の町はいよいよ羽子板市の雰囲気になってくる。

「寒いな」

月也がいやそうな顔で言った。

「冬ですから」

「わかっているよ」

それから、月也はひとつため息をついた。

「そろそろ羽子板市だな」

「ええ」

「あいつが出てくるな」

「そうですね」

「いい奴なんだが、俺はどうにもあいつが苦手で困る」

「でも、今年も飲みに行かれるのでしょう。二人きりで」

「そうなるな。あいつはお調子者すぎて友達がいないからな。俺が付き合ってやるしかないだろう」

そう言いつつも、月也はどこか嬉しそうである。

「年の瀬ですから」

「あいつも一年中祭りにかまけていないで、女房を作ればいいのだ」

「それはしかたないでしょう」

月也にも、深い友人は何人もいる。その中でも、年の瀬になるとかならず二人で飲みに行く友人がいた。

逢瀬《おうせ》万作《まんさく》という。祭礼方《さいれいかた》同心、通称お祭り同心と言われる。

今回も二人で羽子板市を見て回るらしい。

半分遊びだから、今年は沙耶も後ろをついていこうかと考える。男二人を眺めて散歩するのも悪くない。

寂しかったら音吉や牡丹を誘おうか、などと思いつつ。

なんとなく月也の手を握ったのだった。

第二話　掏摸《すり》と羽子板

「腹が減った」

月也がぼやいた。

「そうですね」

沙耶も頷く。無理もない、と心の中で思う。

深川は、蕎麦つゆの香りで満ちていた。歩いているだけで否応もなく蕎麦つゆの香りが胸いっぱいに飛び込んでくる。

強制的に空腹を呼びさまされるようなものだ。

「今日は十三日ですからね。しかたないです」

十二月の十三日はすす払いの日だ。各商店がすす払いをして、一年の大掃除をする。掃除が終わった八つどきにふるまい蕎麦がある。

だから町中が蕎麦で満ちているのだ。

仲町の鰻屋、山口庄次郎の前を通りかかる。

「あ。沙耶様ーっ」

頭上から、鰻屋の一人娘、さきの声がした。

「あら、さきさん」

さきは胴上げをされている最中で、空中から沙耶に叫んでいた。どうやら無事にすす払いが終わったらしい。胴上げの時間というわけだ。

若い娘の着物の裾《すそ》がひらひらするのがいいらしく、胴上げはだいたい若い女性が放り投げられる。さきは裾を押さえながらも楽しそうにしていた。

「今日は休みですが蕎麦はありますよーっ」

さきが叫ぶ。

「どうしますか」

「ご馳走になろう」

月也が腹を押さえた。

確かにこのまま歩いていてもお腹が空いてたまらない。おとなしくご馳走になることにした。

山口庄次郎の奥座敷に入ると、ほどなく蕎麦が出てきた。

すす払いの時はかけ蕎麦である。さきの出してくれた蕎麦は山椒《さんしょう》の香りがした。

「うちは鰻屋ですから。薬研堀《やげんぼり》ではなくて山椒を振ってみました」

山椒の香りは空腹を力強く刺激する。月也はいただきますも言わずに蕎麦をすすりはじめた。月也の方にはかなり蕎麦を盛ってある。

「多めに用意するからどうしても余るんですよ」

たしかにふるまい蕎麦が足りないと恥ずかしいから、どこの店も多めに蕎麦を用意する。沙耶たちが食べてもまだ余るくらいだろう。

つるつると温かい蕎麦を食べると、やっと腹が落ち着いた。

「ありがとう」

「いえいえ。見回りご苦労様です」

さきが頭を下げた。

「最近はどう。変わったことはない？」

「実は、あるみたいなんです」

さきが表情を曇らせた。

「どうしたの？」

「近々、『戦《いくさ》』があるらしいんですよ」

「戦？　どういうこと」

「それが、巾着切《きんちゃく》りが出ているみたいなんです」

巾着切りは掏摸《すり》の一種だ。着物の袖などを刃物で切って掏る。刃物を使うのは相手に怪我をさせるかもしれないから、正統な掏摸の間では嫌われる。

少なくとも深川を縄張りにしている掏摸たちは刃物は使わない。

ということは、よそ者が来たということだ。

「戦と言うからには、相手は一人ではないのね」

「はい。人数はわかりませんが、それなりの数がいるようです」

「それは奉行所には届けたの？」

「まだ正式には。掏摸っ引きの親分さんが調べてます」

「ああ。金吾《きんご》親分ね」

金吾親分は、元掏摸である。いや、もしかしたら現役かもしれない。昔は相当名を売った名掏摸で、現在は岡っ引きをしている。

掏摸としての名が売れていたので「掏摸っ引き」と呼ばれていた。

気立てのいい親分で、親しみやすいらしい。ただ、付け届けを受け取らないので、謎めいてはいる。

金吾親分は、「本所廻方同心《ほんじょ》」の山崎正史郎《やまざきせいしろう》の下にいる。本所廻方は、本所と深川専門の同心である。

繁華街を取り締まるための同心なので、月也とは少々職分が違う。どちらかというと違法な風俗営業の取り締まりだった。

ただ、山崎同心も、金吾親分も、女たちを守る方向の人物なので、人気はあった。

「もしかして、深川の掏摸が集まって巾着切りを迎え撃つということ？」

「そうだと思います。親分さんを先頭に大騒ぎらしいですよ」

さきが大きく頷いた。

「それはなかなか大事ではないか」

月也は言ったが、本所同心が動いているなら無用の介入もできない。他の同心が扱っている事件に勝手に入り込むわけにはいかないのだ。

「それにしても、掏摸も大変ねえ」

沙耶がため息をついた。

掏摸はもちろん犯罪者だが、結束力が強く、規律も正しい。何か事件があった時に情報をくれるのも掏摸が多い。

ある意味奉行所に寄り添っている犯罪者と言えた。

「もしかして歳の市で戦うことになるの」

「ええ」

「それはさすがに見過ごすわけにはいかないな」

月也が渋い顔をした。

「でも、掏摸の戦は素人にはわからないと思いますよ」

それはそうだ。せいぜい掏られないように気をつけるしかない。運よく見つければ捕まえることもできるだろうが。

「でも、戦があるとわかったなら、考えもあるわ。ありがとう」

「いえいえ」

沙耶と月也は顔を見合わせると、山口庄次郎をあとにしたのだった。

「どう思う。沙耶」

「掏摸の戦ですか。わたしたちにできることをしましょう」

「祭りを歩くときは財布を体にくくっておくといい」

「そうします」

「それにしても巾着切りとは、どこから来たのやら」

月也がぼやくように言った。

「年末ですからね。どこかから流れてきたんでしょう」

年末の江戸はあちらこちらから人がやってくる。歳の市にしても川越《かわごえ》や秩父《ちちぶ》、千葉などからも人がものを売りに来る。

巾着切りも江戸の少し外から来ているに違いなかった。

「せいぜい気をつけることにしよう」

それから月也は思い出したように言った。

「我が家もすす払いをしなければな」


りりん。と、季節はずれの風鈴が鳴った。

沙耶の家ではすす払いが済むと、羽子板市が終わるまで季節はずれの風鈴をかざる。月也の趣味で、祭りの熱気を風鈴で少し鎮めたいらしい。

ただでさえ寒いときをさらに涼しくというのは風流なのか、酔狂《すいきょう》なのか。とはいえ、沙耶はこの季節はずれの風鈴はけっこう好きだった。

なんだか自分らしい家庭を作っている気がする。

昨日すす払いが終わって、江戸中が綺麗になった感じだ。

江戸のすす払いが十二月十三日と決まっているのは、その日江戸城が掃除をするからである。それにあわせ、江戸の町全部が大掃除をする。

そして明けての今日は、江戸中がすっきりしているのであった。

「沙耶さん」

元気な声がした。声の方を見ると魚屋のかつが立っている。手に持っている桶の中にはいい大きさの鯖が入っていた。

「こいつはいい鯖でね。あんまりいいから沙耶さんに食べてもらおうと思ってさ」

見ると、たしかにほれぼれするような鯖である。目もきらきらしていて、いかにも新鮮という感じだ。

「明日から羽子板市だし、朝に贅沢も悪くないかと思ってね」

朝の鯖は高く、その分美味しい。だが、沙耶としては鯖はいつも夕方ぎりぎりに売りに来る安いものを買っていた。

「たしかに贅沢ね。これはどうしたらいいのかしら。焼くのがいいの？」

「このくらい新鮮だとね。焼いてもいいですが、味噌で軽く煮て鯖の丼《どんぶり》なんかいかがです」

「それはいいわね」

月也も喜びそうだ。

「では、これをいただくわ」

「ありがとうございます。少し板場を借りますね」

鯖を一匹渡されても、沙耶にはさばくことはできない。そもそも魚をさばく包丁を持っている家庭は珍しい。

たいていが菜切り包丁だけだ。魚は魚屋がさばいてくれるのが当然だった。

かつは、手早く鯖を三枚におろした。

「これで大丈夫です。頭と背骨は持って帰りますね」

「お願いします」

手元に鯖の身だけが残った。

鍋に軽く水を張って湯を沸かす。鯖は水がきちんと沸騰してから入れないと生臭みが出てしまう。

湯を沸かしている間に梅干しの準備をする。鯖を煮るときに大切なのは梅干しだ。いい梅干しと一緒に煮ると、鯖の旨みを梅干しが吸い込んで、とても美味しい。

そして葱をどっさり刻む。これは、煮る時に半分入れて、煮上がった時に残りの半分をかけるのである。

鯖を煮た時は、沢庵《たくあん》よりも生の大根のほうが美味しい。拍子木に切って、ひと塩しておく。

ぐらぐらと沸騰したお湯の中に鯖を入れると、身の表面がさっと白く固まる。これが大切で、鯖の旨みが中にとじこめられるのである。

梅干しと葱を入れて、鯖に火が通ったのを確認すると、味噌を溶き入れる。これで身に少々生臭さが残っていても安心だ。

といっても今日は朝の鯖だから、まるで心配はいらないのだが。

鯖が味噌味だから、汁ものは「すまし」にする。鰹節で出汁をとったら、里芋を入れて火を通す。最後は醤油で味を調えた。

鯖が煮上がると、大根に鰹節と葱をかける。最後に、飯の入った丼に鯖を味噌ごとかけてできあがりだ。

そうしてから、月也のもとへ運んで行った。丼もののときは、おかわりという感じではないから飯はかなり多く盛る。

「お。朝から豪勢だな。鯖か」

月也が身を乗り出す。

そして、ざくざくとあっという間にかき込んでしまう。

沙耶も一緒に食べ始めた。

まずは梅干しである。塩気は大分味噌に溶けてしまっていて、梅の身の甘みと鯖の旨みが詰まっていた。

これだけでも充分といっていい。だが、主役はあくまで鯖である。口に入れると、脂の甘みと身の旨みが舌の上でじゅわっと溶ける。

火を通した葱の甘みと、あとからかけた葱の辛みが口の中で踊りながら鯖の旨みを応援する。

美味しい。

他の言葉がちょっと思いつかない。

月也のあとを追いかけるようにして全部食べてしまう。

「明日から歳の市だな」

月也が嬉しそうに言った。

十二月の十五日から、江戸では歳の市が開かれる。羽子板を売る市でもあるから羽子板市とも言う。

江戸では最大の祭りの一つで、人出もことのほか多い。浅草《あさくさ》が一番派手だが、神田《かんだ》明神や富岡八幡も負けてはいない。

十五日と十六日が富岡八幡、十七日と十八日が浅草。二十、二十一日が神田明神、二十二、二十三日が芝《しば》明神と、場所をずらしながら二十六日まで続く。

風烈廻方同心はその間、祭りにつきっきりである。何と言っても火を使う屋台が軒を並べるから、火事の危険がある。

その上で様々な犯罪が起こるため、一年のうちでも特に忙しい。

「今年も逢瀬と回るから、沙耶は好きにするといい」

「後ろを邪魔にならないようについていこうかとも思ったのですが、誰か誘うかもしれません」

沙耶は答えた。

月也が言う。

「それもいいな」

逢瀬と月也は親友といってもいいくらい仲がいいが、一年のうちで歳の市のこの時期以外は会うこともない。

逢瀬は祭礼方同心なので、一年中祭りに顔を出している。他の祭りでは月也と会うことはないが富岡八幡の祭りのときだけ月也と祭りをめぐりに来るのである。

「男二人に水を差したりしないですよ」

「すまないな」

月也は嬉しそうである。

沙耶としてはどうしようか、と思う。せっかくの歳の市なのだから、買い物を楽しみたい気もする。

音吉たちにも声をかけてみようと思っていた。

歳の市は好きに過ごせ、と月也は奉行の筒井に言われているから、沙耶も好きにしていいということだろう。

好きにして、というのはもちろん「好きなように仕事をしていい」という意味で、休むことを意味してはいないが、そこは解釈次第だ。

「音吉さんのところに顔を出してきますね」

「おう。遊山船ではずいぶん世話になったからな。よろしく言っておいてくれ」

月也を送り出してから、八丁堀を出て永代橋の方に向かう。橋を渡るともうすっかり歳の市の雰囲気である。明日からといっても気の早い連中はもう屋台を出しているのだ。

だから普段の何倍も活気があった。

牡丹の店に向かうと、沙耶が近づくこともできないような繁盛ぶりである。さすがの牡丹も沙耶に気がつかない。

声をかけるのは諦めて、音吉のところに向かうことにした。蛤町にはさすがに屋台は出ていないから、そこだけはやや騒がしいというくらいだ。

芸者の住んでいる辺りまで行くと、芸者たちがゆったりと母親と連れだってでかけるのが見える。

音吉の家に着き、戸を開けて声をかけた。

すぐにおりんが出迎えてくれる。

「いらっしゃいませ。沙耶様」

「音吉さんはいるかしら」

「二階にいますよ。昨日のすす払いで疲れちゃってるみたいです。呼びますね」

「ありがとう」

「ではこちらへどうぞ」

一坪ほどの三和土《たたき》にある下駄箱に履物を入れ、玄関にあがる。その奥が六畳の部屋だ。音吉が前に座る長火鉢が置いてあって、鉄瓶《てつびん》に湯が沸いていた。

長火鉢の前に座ると、おりんが二階に上がっていった。

しばらくして、あわただしく音吉が降りてきた。

「すまないね。昨日のすす払いで精魂《せいこん》尽き果てちまってね」

「分かります。あれは大変ですから」

「なんせこの辺りは男手がないからね。全部女でやるっていうのも大変なんだよ」

そういえば、この周辺では男の姿を見ない。

「そうですね。男の方の気配がないです」

「芸者っていうのはさ。あたしみたいにこうやって若い子と暮らすんじゃなければたいてい母親と暮らしてるんだ。男と暮らしてる芸者ってのはまずいないね」

それが芸者の習慣である。

「それで、どんな用なんだい」

「明日から富岡八幡の歳の市ではないですか。もし行かれるのならご一緒しませんか」

「お。いいね。明日は座敷もないからね」

音吉が嬉しそうに言った。

「あら。ないのですね」

「明日はこっちもお断りだよ。せっかくの歳の市だからね。ゆったりと羽を伸ばしたいのさ。それに、歳の市の座敷に女を呼びたいっていうのは、芸が見たいんじゃなくて夜の相手をしてほしいって意味だからね。あたしには縁がないよ」

音吉はそう言って笑うと、おりんに顔を向けた。

「明日はみんなで出かけるよ」

「はい」

それから、沙耶に向かって照れたような顔をした。

「すまないね。本当は二人きりの方がいいんだけど、この子達はあたしの手足みたいな存在なんだ。身の回りは全部この子達に任せてるからね」

「大丈夫ですよ。多い方が楽しいですし」

「姐さんのお世話はわたしたちの生活の一部ですから」

おりんも笑った。

「おたまちゃんは？」

「買い物に行っています。そろそろ戻るでしょう」

言った瞬間、おたまが戻ってくる物音がした。

「あ。沙耶様、いらしてたんですね」

「お邪魔しています」

沙耶が言うと、おたまはうまくいった、というような得意気な表情になった。

「そう思って、沙耶様の分も買ってきたんですよ。金沢屋《かなざわや》のきんつば」

「ありがとう」

「焼きたてだからまだ温かいです」

おたまが嬉しそうに言った。金沢屋のきんつばは伝統的なものだ。水でこねた小麦粉を薄くのばし、餡《あん》を包んで焼いてある。

まるで刀のつばのように円形だから「きんつば」である。

最近出てきた葛《くず》を使って餡を四角く固めたものは「角《かく》きんつば」という別物だ。

どちらも美味しいが、冬は温かい方がいい。

「お茶を淹れとくれよ」

音吉が言うと、おりんがさっと茶を点《た》てた。

「お抹茶《まっちゃ》なんですね」

「煎茶《せんちゃ》もいいけどさ。あたしはこっちが好きだね。作法もなにもなくて悪いけどね。こう、ばたばたってかき混ぜて飲むと美味しいのさ」

おりんのお茶は、たしかにばたばたと騒がしくかき混ぜたものである。抹茶は煎茶と違ってぬるいから、江戸っ子は煎茶の方が好きな人が多い。

だから音吉は、純粋に抹茶の味が好きなのだろう。

苦みのある抹茶はきんつばにはちょうどいい。

「一杯目は抹茶で、二杯目は熱い煎茶をゆるゆる飲むのがいいのさ。もっとも淹れてくれるこの子たちがいないと無理だけどね」

「音吉は、なにか買いたいものがあるのですか」

「古着屋に行こうと思ってるんだ。けっこうやってくるからね」

音吉は芸者だから、決まった日に着物を仕立てる。そうでもなければ、庶民が着物を仕立てることはあまりない。

大抵が古着であった。

歳の市はあちらこちらから古着屋が集まってくる。古い着物を売りに行く人々もいるし、買う人もいる。ある種の交換市とも言えた。

「沙耶もなにか買いなよ。お揃いのがあるといいね」

「そうですね」

確かに着物を買うのはいいかもしれない。新しい服で新年を迎えるのは気持ちいいだろう。

「ところで、最近この辺に巾着切りがいるらしいのです」

「本当かい？」

音吉がいやな顔をする。ただの掏摸なら金を掏られるだけだが、巾着切りとなると着物を切られるから、普通の掏摸よりもずっといやなのである。

怪我をすることもあるし、切られたことに気づかずに肌を晒《さら》して歩いてしまうなどということもある。だから女にとっては不愉快な相手だった。

「そういうのはさ。とっ捕まえて袋叩きにしてやりたいよ」

「どうやって捕まえるのがいいのかしら」

ちゃんとした掏摸なら、髷《まげ》も掏摸の髷を結っているが、巾着切りとなるとそういった仁義は守っていないような気もする。

「なにか目印があれば……」

「掏摸の知り合いでもいればいいんだけどね」

音吉がため息をついた。

「あ。一人いました。いまは足を洗っていますけど。少し聞いてみましょう」

「その人はどこにいるんだい」

「普段は九段坂《くだんざか》にいると思います。増吉《ますきち》さんという人です」

元掏摸の増吉は、今は九段坂で、定職についていない若者のまとめ役をやっているはずだった。

「それは少し遠いね。使いを出して来てもらおう」

音吉は、懐から四文銭《しもんせん》を六枚出すとおたまに渡した。

「九段下の増吉って人を連れてくるように伊勢屋《いせや》に頼んできな」

「はい」

「伊勢屋さんというのは？」

「富岡八幡の中の料理屋さ。ちょっと有名な店なんだ」

「どうしてそこにお願いするんですか」

「料理屋っていうのはなんだかんだと若い者を抱えているし、飛脚を置いている店だってあるからね。店に来る客だけじゃなくて仕出しもあるから、若い連中が居ついてるんだよ」

「雇われているんですか」

「雇うと高いからね。用事がある時だけ頼むのさ。そうは言ってもあれくらい有名な店だと一日中何かしら用事があるから、なんだかんだ暮らせるって訳さ」

おたまはすぐに出かけていった。

「おたまはじき戻るだろう。富岡八幡まではすぐだからね。それにしても、歳の市だと掏摸を防ぐのは難しいねえ」

音吉がため息をつく。

人がごった返している祭りには掏摸はつきものである。と言ってもなけなしの金は盗まないというのが掏摸の仁義だ。それに有り金を全部持って行くのもいいこととは言われない。財布から金を少し抜いて懐に戻すのがいい掏摸であった。

抜くよりも戻す方が大変だから、掏摸はきちんとした修業が必要なのである。

「どうせなら増吉と少し飲むかい。おりん、おたまが帰ってきたら剣菱《けんびし》を買って来ておくれな。剣菱屋は開いてるだろう」

剣菱は灘《なだ》で人気の酒である。単純に「酒」だけだと店の売りがないということで、最近では銘柄を看板にしている店も多い。

その中でも剣菱は人気で「剣菱屋」を名乗る店は多い。この辺りだと、門前仲町にある伊賀屋という酒屋が特に剣菱を扱っていた。

おたまが戻ってくると、おりんが入れ替わりに徳利を持ってでかけていく。

「すぐに行ってくれました。ここで飲むんですか？」

「ああ。特別にね」

「珍しいですね。男の方をここにあげるなんて」

「いや、あげないよ。三和土までさ」

音吉はあっさりと言った。

芸者の部屋に男はあがれない。玄関まで入れれば御の字である。ましてや売れっ子の音吉の部屋だ。三和土まであがれたなら相当な自慢になるだろう。

「なにかつまみもいるね。酒だけじゃ味気ない。なにかうちにあるかい」

「買ってきますよ。お客さんが来るなら」

「すまないね。入れ替わり立ち替わりで」

半刻ほどして、増吉がやってきた。そのときには、部屋にはすっかりあたりめの匂いが満ちていた。

音吉が火鉢で炙っている。

「いい匂いですね」

「一応客だからね」

音吉がすまして言う。

「深川で音に聞こえた姐さんのお客ってのは嬉しいですね。なんだか怖いですよ」

増吉は真面目な表情でそう言い、沙耶に深々と頭を下げた。

「ご無沙汰しています。沙耶様」

それから三和土にあぐらをかいた。三和土には御座《ござ》が敷いてあったから、見た瞬間にそうとわかったらしい。

「お久しぶりね。早速だけど訊きたいことがあるの」

「なんでしょう」

「今度の深川の歳の市に、巾着切りがやってくるそうなのよ」

巾着切りと聞いた瞬間、増吉がいやそうな顔になる。

「外道《げどう》ですね」

「それで、こちらの掏摸の親分が戦だって騒いでいるそうなの」

「わかりますね。あいつら掏摸の風上にも置けないですからね」

「どうやったら見分けられるのかわかる？」

「うーん。それは皆さんには無理でしょう。俺たちならなんとなく気配を感じることもありますけど、同じ掏摸じゃないとなかなか大変です」

増吉は腕を組んで考え込んだ。そこに、おたまがちろりに入った酒を持っていく。炙ったあたりめと、同じく炙った味噌を置く。

猪口を渡しておたまが酌をすると、増吉が顔を赤くした。芸者の綺麗さというのは、町娘の美人とは少々雰囲気が違う。

「何かいい方法はないかしら」

沙耶が声をかけると、救われたような表情になった。場がもたないらしい。

「そうですね。いい方法っていうのはわからないんですが、沙耶様は十手をお持ちでしょう」

「ええ」

「なんとなく気になった奴の肩をぽん、と叩いてみるのはいかがですか。なにもない奴ならたまたま当たったと思うでしょうが、巾着切りならきっと声をあげますよ」

「どういうこと？」

「掏摸っていうのはね。神経を一点に集中するんですよ。相手が気を抜く瞬間に懐からものをいただくんですからね。だから、肩を叩かれただけでもびっくりしてなにもかも台無しになるのです」

「そうなのね」

「達人は別ですけどね。あの人たちは空気を吸うように手が動きますから。でも巾着切りなんて連中には達人はいませんよ」

肩を叩いて歩くくらいのことはできそうだった。

「ありがとう。他にもなにかある？」

「江戸の連中ではないでしょうからね。江戸にはあまり慣れていないと思います。そうすると人混みにも慣れていません。立ち居振る舞いが不安そうになっているでしょう」

「そんなことまでわかるの？」

「江戸に慣れていたら、富岡八幡で巾着切りなんてやりませんよ。町奉行が捕まえてくれるなら助かりますけど。掏摸に捕まったら、生まれて来たことを後悔するような目に遭わされるのがわかってます」

掏摸は縄張り意識が強いから、余所者《よそもの》が挨拶もせずに掏摸をするのは許さない。しかも巾着切りだとしたら、最悪川に投げ込んで殺してしまうだろう。

「そういえば、深川の金吾親分ってご存じ？」

「もちろんですよ。江戸の掏摸であの人を知らないのはもぐりです」

「親分は、本当に掏摸だったの」

「元締めでした。なんでか知らないけど足を洗ったんですよ」

元犯罪者が岡っ引きになることは多いが、元締めとなると珍しい。遠島になるところを助かった、というようなことなのかもしれなかった。

いずれにしても、主には金吾の方で対応してくれるに違いない。沙耶としては邪魔にならないように肩を叩いて回るだけでよさそうだった。

「わかりました。ありがとう」

「いえ。なにかあったらいつでも声をかけてください」

増吉は、酒をあおって空にすると、逃げるようにして出て行った。

「なんだか落ち着かなかったですね」

沙耶が言うと、音吉がやれやれ、という様子で苦笑した。

「まあ仕方ないよ。普通の男には芸者は刺激が強い。ましてやおたまはかなりの上玉だからね。今晩は夢に出るんじゃないかい」

「ところで今回、刃物を使った騒ぎにはならないですよね」

沙耶はつい確認した。

「ないない。江戸の掏摸は刃物が嫌いだからね」

「それなら安心です」

「じゃあさ。明日はぶらぶらしようじゃないか。羽をのばそうよ」

「そうですね」

返事をしながら、やはり少し気になった。

なにもなければいいのだが、と思う。

「ま、飲もう」

音吉が剣菱を差し出してきた。

「ありがとうございます」

剣菱は、少しだけ温めてあった。熱いというほどではないし、ぬるくもない。舌の上に載せるとふんわりとした旨みがあるのだが、本当の旨みを感じるのは喉の奥を滑り落ちたあとである。

喉の壁が旨さを感じる。江戸の酒にはない細やかな味わいだ。

焼いた味噌を口に含むと、よりいっそう味わいが強くなる。豪華なものよりも、味噌だけの方が酒の旨みを感じるかもしれない。

「美味しいですね。剣菱」

「そうだね。これはなんというか、媚《こ》びていないぱりっとした味だけど、客のことはちゃんと考えてるって芸者みたいな酒だからね」

今度月也にも飲ませよう、と心の中で思った。

「今日はもう帰ります」

「あいよ。では明日、よろしく頼むね」

「はい」

沙耶は音吉の家を辞すると、月也にどう話そうかと思った。今回の掏摸のことは、あくまで聞いた話であり、月也には関係ないといえる。

一応、十手で肩を叩く話はしておこう、と思う。

それにしても、と、沙耶は思わずため息をついた。

平和な年末というのは難しいものだ。


そして十五日の朝になった。

祭りを祝うかのように快晴である。

「おう。来たぜ！」

食事をする間もなく、逢瀬が来た。

「おはようございます」

「月也は！」

「もう起きていますよ」

「じゃあ、借りていくぜ」

逢瀬は沙耶の返事も聞かずに家の中に飛び込んできた。

逢瀬はものすごく気が短い。江戸っ子は大体気が短いものだが、その中でも特別短い。武士は町人よりは気が長いものなのだが、逢瀬は町人よりも短気だ。

あっという間に月也を引きずるようにして出てきた。

「じゃあ、行くぜ」

そう言って、ぱっと出ていってしまった。

「あれでは、ついていこうと思っても無理ね」

同心は足が早い。本気で歩かれたら、沙耶の足ではどうにもならなかった。

一年中祭りの中に生きているだけに、逢瀬は頭のてっぺんから足の先まで祭りに毒されている。月也を誘拐されてしまった、と思いつつ、沙耶は沙耶で楽しく過ごすことにした。

牡丹は、歳の市には繁盛しすぎて身動きがとれないらしい。こればかりは仕事上、どうにもならないことだった。

永代橋のあたりはもう人でいっぱいである。まだ朝というのに客には関係がないようだ。団子屋からなにから混雑している。

それでも、人々を全部受け止めきれるだけの屋台が並んでいる。

とりあえず音吉の家に向かう。

永代橋から門前仲町にかけてはかなりの人出だ。この中にもう掏摸はまざっているのだろうか、と考える。

音吉の家に着くと、もうすっかり出かける準備ができていた。音吉は濃い青地の着物に薄い浅黄《あさぎ》色で桜が描かれた着物を着ていた。

十二月なのにあえて桜の柄なのは、音吉なりの意思なのに違いない。おりんとおたまの着物は、海老《えび》茶《ちゃ》と山吹《やまぶき》茶にやはり桜が入っている。ただ、音吉の桜が山桜なのに対して、二人は同じ桜でも江戸《えど》彼《ひ》岸《がん》であった。

「よく似合っていますね」

声をかけると、音吉は嬉しそうな顔になった。

「沙耶も一緒に作ろうよ」

「わたしはいいですよ。仕立てるような身分ではありません」

「富田屋さんに出してもらえばいいじゃないか」

「そんないわれはないですよ」

「あるよ。沙耶のおかげで儲かったんだから。着物くらいいくらでも仕立ててくれるって」

「同心の妻として、それは華美がすぎます」

沙耶も綺麗な着物に憧れはあるが、同心の妻という立場上、あまり贅沢なのは気が咎めるところがある。

「そこは仕方ないね。お武家だからね。でも今日古着を買いに行くぐらいはいいだろう？」

「それは大丈夫です」

沙耶はそういうと、先に表に出た。おりんとおたまが前を歩いて、その後ろを沙耶と音吉がついていく。

朝から人でごった返す中、沙耶はなんとなく足元を見ながら歩いていく。

下駄《げた》だったり雪駄《せった》だったり草履《ぞうり》だったり草鞋《わらじ》だったり、あらゆる履物がある。いかにさまざまな人が歳の市に来ているかがわかる。

その中に、ひとつ不思議な足を見つけた。なんというか、人の間をすり抜けるように動いていくのだが、隙《すき》なく動いている中に、ややおぼつかなさがある気がした。

顔を見ると、四十歳くらいの男である。顔にはやや皺《しわ》があって、目つきは油断なく辺りを見まわしていた。

あの男は巾着切りなのだろうか。

なんとなく気になって、十手で肩を叩いてみた。

ぽん、と十手が肩に触れた瞬間。

「うわっ！」

男が叫んだ。そして地面に転んでしまった。

本当に声を出すものなのだ、と、沙耶は感心する。

「なにしやがるんでえ」

男は沙耶を睨みつけた。

「続きは番屋で聞こうか」

十手を出すと、男はあわてたように立ち上がり、沙耶に背中を向けた。

「掏摸だっ！」

沙耶が叫ぶ。

周りの人間の目が、一斉に男に注がれた。こうなってはもう駄目である。刀でも持っていれば別かもしれないが、人の多いところで注目され、逃げることはできない。歳の市で興奮している男たちに捕まればただではすまない。岡っ引きが早く到着すれば命は助かるかもしれない、というくらいのことになってしまう。

沙耶が止める間もなく、男は地面に転がされて踏まれはじめた。

「おうおう。どいたどいた！」

一人の岡っ引きが声も荒くやってくる。どうやら金吾親分なのだろう。みんながさっと道を開けた。

「おう。掏摸ってのはお前か」

金吾親分が言うと、男はとぼけた顔をした。

「なんのことだか全然わかりません。突然声をかけられて驚いただけですよ」

「ほう。まあいいや。番屋まで来てもらおうか」

「濡《ぬ》れ衣《ぎぬ》ですって」

沙耶は、男に近寄ると、髷に手をのばした。

髷の中に、小さな刃物が隠してあった。さっきみんなに囲まれたときに、とっさに髪に隠したのが見えたのである。

「巾着切りの道具でしょう？」

沙耶が金吾に渡すと、男は大きく舌打ちをした。

「おう。すまねえな」

親分が礼をいう。

「金吾親分ですね」

沙耶が言うと、親分は頷いた。

「あんたは沙耶さんだね」

「ご存じなんですね」

「知らない奴はいないって。男装の十手持ちなんてな。こいつは俺が預かってもいいかい」

「どうぞ。わたしは祭りを見て回る役なのです」

「おう。楽しんでな」

沙耶と金吾に、まわりの群衆から喝采《かっさい》があがった。

少し照れながら、あわてて逃げる。

「幸先いいね。もっと捕まえよう」

音吉が楽しげに言った。

「こんなに早く捕まるっていうことは、かなりの数がいるということですよ。幸先よくなんてないです」

何十人という掏摸がまぎれているのだとしたら、むしろお先真っ暗である。

富岡八幡を中心に、様々な屋台が出ていて、その中に古着屋もあった。普段は浅草や人形町《にんぎょうちょう》で商っている古着屋もこの時は深川まで出てくる。

さまざまな古着は目にもあでやかで、見ているだけでも楽しくなる。

「どれどれ、どんな着物があるかね」

音吉が言う。

「お揃いがいいんですよね」

「そりゃそうさ。おりんやおたまとはよく揃いにしているけど、沙耶とはなかなか難しいからね」

たしかに、音吉の立場なら下の子たちの着物も仕立てるが、沙耶とはその機会がないと言える。

よく見てまわると、案外揃いの着物はあった。揃いで仕立てられた古着を仕入れ、一緒に売っているのに違いない。

といっても、音吉と沙耶の揃いにちょうどいい着物は見つからない。

「なかなかいいのがないですね」

言いながら辺りをなんとなく見回すと、妙に男の客が多い。

女物の古着屋だから、こんなに男がいるのはおかしい。

考えられることはひとつである。あの男を捕まえたのを見ていた巾着切りたちが、沙耶をつけてきているということだ。

男の数は全部で四人。あきらかに客ではない。

「音吉、どうしましょう」

沙耶は音吉に小声で言った。つけてくるくらいだから、腕っぷしには自信があるだろう。沙耶が怪我《けが》をするだけならまだしも、音吉たちに傷を負わせるわけにはいかない。

「なんかタチの悪いのがつけてきてるんだね。まかせな」

「まかせる？」

「田舎者《いなか》が。深川を知らないにもほどがあるよ」

それから、音吉は思い切り声をはりあげた。

「かりん糖おくれな！」

音吉の声を聞いて、そこら中からかりん糖売りがやってくる。十人を超えるかりん糖売りの姿を見て、男たちがひるんだ。

音吉は、笑いを含んだ顔で男たちを見る。

「かりん糖売りの連中は深川がなくちゃ生きていけないからね。風来坊のあんたたちよりは少し強いかもしれないよ」

男たちは舌打ちして逃げていってしまった。

「ちょいと厄介な事になったねえ」

音吉が眉《まゆ》をしかめた。

確かに、男たちに逃げられたのは面倒くさい。こちらの方が明らかに目立つから、相手としては隙を見て襲いたい時に襲えるとも言えた。

　何とかしてこの歳の市中に捕まえる必要があった。

「どうやればいいのかしら」

「あたしと沙耶が囮《おとり》になるしかないだろうね」

　それしかなさそうだった。危険かもしれないが、他にやり方はない。

「まず月也さんに相談しましょう。でもどこにいるのかしら」

「お祭りの旦那とだろう。それならこっちさ」

　音吉が、迷いなく歩き出す。

「逢瀬様がどこにいるのかわかるのですか」

「そりゃわかるよ。あの旦那のことはみんな知ってる」

　音吉は自信を持って歩き出す。おりんとおたまが、さりげなく音吉を守るように歩いていた。そして、懐からなにやら紙を出して、あちらこちらで配っている。

「その紙はなにかしら」

「おまじないの札ですよ」

　おりんとおたまは笑いながら言う。彼女たちならではのことがあるのだろう。

　しばらく歩くと、神輿《みこし》が練り歩いているところに行き当たった。

見ると、神輿の上に逢瀬と月也が乗っている。派手な祭り用の羽織を着て旗を振っていた。

「あそこだよ」

「それにしても、女の人が多いですね」

沙耶は近くの羽子板の店を見ながら大きく息をついた。

沢山の女が、老いも若きも羽子板に群がっている。

「あれは役者の追いかけだからね。しかたないよ」

羽子板には役者の似顔絵が書いてあって、菊五郎《きくごろう》だの団十郎《だんじゅうろう》だのといった人気の役者の羽子板は飛ぶように売れていく。

一体いくつ用意しているのかわからないが、いくら売れても羽子板が尽きることはなさそうな勢いだった。

役者好きの女はなんでも欲しいと見えて、羽子板だけではなく役者の名前の入った手ぬぐいも羽が生えたように売れていく。

役者が舞台で着た衣装と同じ服も人気であった。

今年一年これだけ役者を追いかけましたという証《あかし》を見せているようだった。沙耶は芝居を見ることはないから、その気持ちはわからない。

だが、情熱があるのは素敵なことだと思う。

「ひいきの役者がいるというのは、楽しいのでしょうね」

「なんだって入れ込めるものがあるほうが楽しいからね。まあ、あたしは入れ込んでもらう側だけど」

歩いていると、月也と逢瀬の乗った神輿が近づいてきた。二人とも神輿の上から楽しそうに羽子板を見ている。

「なんだい。能天気だねえ。随分と面白そうじゃないか。月也の旦那は今日は見回りじゃなかったのかい」

「あれも見回りらしいです」

「いい商売だね」

音吉は声をあげて笑うと、神輿に手を振った。月也ではなくて逢瀬の方に振ったらしい。逢瀬も手を振り返す。

「あいかわらずだねえ。お祭りの旦那は」

「同心らしくないですよね」

「ないね。女房もいないしね」

一年中祭りにひたっていたら女房を持つのは難しいかもしれない。同心は貧乏なうえに、祭りで頭がいっぱいとなると、女房になるには少し勇気がいる。

それにしても二人は楽しそうだ。これに水を差すのははばかられる。

「なんだか相談するのがかわいそうです」

「そうだねえ。相談がかわいそうというよりも、大騒ぎしそうだ。歳の市の雰囲気を壊すのも悪い。かどわかされるのはもっといやだけどね」

音吉が少し真面目な顔になった。

この人込みだ。悲鳴もまぎれてしまうだろう。

「金吾親分に相談するのはどうですか」

「あれも今は駄目だ。相手をやっつけるのに夢中だからね。あまり期待はしないことだね」

音吉があっさりと言った。

「どこかに隠れた方がいいのでしょうか」

だが、隠れるのも安全とは言えない。もし居場所を知られたら助けを呼ぶのが難しくなってしまうだろう。

余計なことをしたのかもしれない。せめてみんなを巻き込まないようにするべきだった。

いだろう。

「番屋に逃げましょうか」

番屋であれば安全と言える。いくら凶悪であっても番屋に踏み込んでくる賊はいな

「それもなんだか負けたみたいで悔しいね」

音吉は納得がいかないようだった。

「怪我をするよりはましでしょう」

と言っても、沙耶も悔しくないわけではない。何とかして一網打尽《いちもうだじん》にする方法があるのなら、それに越したことはなかった。

どうにか、相手が手も足も出ないようにできないものだろうか。

安全な場所があるとしたら、全員に注目されている場所である。いくら凶悪な巾着切りでも人々に注目されていたら何もできないだろう。

つまり、犯人に注目させる方法があればいい。

沙耶は辺りの店を見回した。何か使える小道具があればいいのだが。捕まえられないにしても、犯人に目印をつけることができればそれでいい。

祭りの間に捕まえる方法があるなら、この場から逃げられても構わない。

と言っても都合のいいものはそうそう売っていない。食べ物の他は正月に使う飾り

などで、それ以外の意味のあるものはない。後はひたすら羽子板である。

羽子板市というぐらいだから、様々な羽子板が並んでいる。正月の縁起物なので派手な絵が描いてあるものが多い。

子供の時分を抜けると、羽子板で遊ぶなどということはなかなかない。

ふっと、歳の市の真ん中で羽子板で遊んだらどうなるだろうと思った。きっとすごく目立つに違いない。

「音吉。巾着切りを相手に羽子板で遊ぶことはできないかしら」

「どういうことだい」

「この中で羽根をぶつけられたら、怒るより先に注目されるでしょう。みんなの目を集めて身動きが取れないようにして、うまく捕まえられないかしら」

「案外面白いかもしれないね。だけど、どうやって犯人を見つけるんだい」

「あの中の二人は顔を覚えました。後は彼らがわたしを襲える場所があればいいですよね」

「じゃあ、いい場所は考えてあげるから、羽子板を買おうじゃないか」

それから、音吉はにやりと笑った。

「犯人のことを忘れて楽しんでいるように見せないといけないね」

確かにいかにも警戒している様子では駄目かもしれない。ここは本気で歳の市を楽しんでみるしかないだろう。

「羽子板を買う前に、とりあえず何か食べようか」

「そうですね」

「せっかくだから、いつもとは違うやり方がいいね」

そう言うと、音吉は沙耶を引っ張るようにして歩きだした。

「団子で一杯飲もう」

「団子で？」

「いいからまかせなよ」

言いながら、音吉が一軒の店の前で立ち止まった。

「味噌と醤油。四本ずつ。あと酒をおくれな」

「本当に団子でお酒を飲むんですか？」

「ここの団子は酒向きさ」

とはいったものの、椅子は満席である。立って食べるしかなさそうだった。

だが、音吉は涼しい顔である。

「おりん、おたま、席をあけてきな」

音吉に言われて、おりんとおたまが、店から徳利を受け取った。何だろうと思っているると、座って酒を飲んでいる客に酌をはじめた。

客は一杯飲み干すとさっと席を立ってくれる。

「あいたよ」

「どういうことですか？」

「酌を引き換えに席をゆずってもらったのさ」

言いながら、席に座る。

「あたしたちを見物しててもいいんだよ」

音吉が周囲の客に言う。そうして沙耶に耳打ちした。

「まずは元から目立っておけば、さらわれることもないだろうよ」

団子と酒が運ばれてきた。一本は醤油味。一本は味噌を練ったものを塗ってから焼いてあるらしい。

味噌の香りがすごく美味しそうである。

音吉は、やはり味噌から口にしていた。

沙耶も口に入れると、味噌の甘みがまず感じられる。それから、ぴりりとした辛みがある。味噌の中に薬研堀が練り込んであるらしい。

たしかにこれは酒と合う。

「どうぞ」

おりんがお酌をしてくれた。

一口飲むと、酒が甘い。少しみりんを混ぜているようだ。これが団子によく合う。味噌の方を食べてしまってから醬油の団子を食べる。

醬油は味噌に比べるとあっさりとした味わいだ。そこが味噌とは別の意味で酒の味によく馴染んだ。

「この団子は美味しいですね」

「普段は日暮里《にっぽり》の方でやってるらしいんだけどさ。歳の市の時だけ深川までやってきて店を出しているんだ」

音吉は上機嫌で団子を食べている。

いまも誰かに見張られているのだろうか。

沙耶はなんとなく辺りに気を配る。

人が多すぎてよく分からないというのが正直なところだ。月也ならもう少し分かるのかもしれないが、月也といると掏摸はよそに行ってしまいそうだ。

一網打尽に捕まえてしまいたい気持ちが強くなってくる。

こんなに楽しい祭りで、他人の懐を狙うというのは許せない。しかも巾着切りは懐の金を全部持って行ってしまうのだ。金持ちからだけとるというようなこともない。手当たり次第に盗むのだから、たまったものではない。

「まだいけるかい。沙耶」

音吉が言う。

「大丈夫です」

「今日は飲み歩こうじゃないか」

どうやら、音吉には考えがあるようだった。今回は音吉の計画に従ってみようと思う。何と言っても深川に関しては沙耶よりよほど詳しいことは間違いない。

「じゃあ次、行こうか」

音吉が立ち上がる。

どうやら店を決めてあるようだ。

「段取りがいいのですね」

「せっかくの歳の市だからね。いろいろ考えてあるんだ」

音吉が歩きだす。

「姐さんは、沙耶様と歳の市を回るのを楽しみにしていたんですよ」

おたまが笑いながら言う。

「余計なこと言うんじゃないよ」

音吉がぴしゃりと言い、沙耶に自分に並べ、と目で促す。

並んで歩くと、沙耶の耳もとにこっそり囁《ささや》いた。

「この辺りで来るよ」

「そうなんですか？」

「ここは襲いやすいんだ。掏摸にとってはね」

沙耶が辺りを見回すと、言われればそうかもしれないと思える場所である。沙耶がいるのは、片側が羽子板、片側が飲食の屋台という場所である。

若い娘と酔っ払いに挟まれていて、掏摸が狙いそうな場所だった。

「一網打尽はともかくさ。一人ぐらいならなんとかなるんじゃないかい」

「まずは狙われるということですね」

「そうそう。景気づけに牡蠣《かき》焼きを食べようじゃないか。なんといっても牡蠣は深川名物だからね」

冬の深川といえば牡蠣である。そんなに大きくはないが旨みのたっぷり詰まった牡蠣はどう食べても美味しい。

歳の市の牡蠣は、網の上に殻ごと載せて焼いたものだった。しゅん、しゅんという音とともに、牡蠣が泡立っている。火が通ると器に入れて、醤油を軽くたらして完成だ。

牡蠣売り場の隣には酒屋があって、酒や焼酎を売っていた。

おたまが牡蠣を買っている間に、おりんが酒を買ってきた。

やはり席をあけてもらって座る。

焼いた牡蠣が運ばれてきた。一人あたり三つある。同じ牡蠣かと思ったら、この店はそれぞれ味つけが違うようだ。

「三種類あるんですね」

「どれも美味いよ。そしてこいつにはやはり剣菱さ」

音吉が言う間に、おたまが酒を注《つ》いでくれる。

牡蠣には剣菱を合わせるのが人気らしくて、隣の酒屋でもよく売れているようだった。

「この順番に食べてください」

おたまに示された通りに食べる。

最初の一個は、焼いた牡蠣に醤油をたらしたものだ。牡蠣の潮らしい香りに醤油が華をそえている。

牡蠣に行儀悪くかぶりつき、剣菱を飲む。

牡蠣の味が口の中にある間に剣菱を入れると、牡蠣が剣菱で洗われて、綺麗な旨みが喉の奥に落ちていく。

「これは本当に美味しいですね」

あまりの良い風味に力が抜ける。「美味しい」の部分が脱力して妙な発音になってしまった。

二番目は、なにもかかっていないように見える。食べると、蜜柑の汁がかけてあるようだった。

「蜜柑をかけたのでしょうか」

「美味いだろう」

音吉がするすると牡蠣を喉に流し込む。

蜜柑の甘酸っぱい味が、牡蠣の旨みを引き立てている。これは酒というよりもそのままつるりといきたい味だ。

最後は味噌味だった。

「これも。美味しいですね」

牡蠣と味噌の相性はいいものだが、この店のは格別だ。美味しすぎて台詞《せりふ》がかえって棒読みになってしまう。

味噌は何種類かを混ぜているような気がした。甘めの味噌と辛めの味噌で牡蠣と焼き上げてある。

牡蠣の香りと味噌の香りは、息がぴったりの夫婦のようだ。そして明日から酒は剣菱にしようと思うくらいに剣菱が合う。

心が牡蠣に集中してしまって、まわりが見えないほどの美味しさだった。

そのとき、ふっと手首がなにかに引っ張られた。

引かれた方向を見ると、さきほど古着屋で会った男がいる。手に沙耶の財布を握っていた。

「掏摸だっ！」

叫ぶと財布を捨ててあわてて逃げ出した。すぐに人込みにまぎれてしまう。

「すごい。捕まえる隙がなかった」

やや感心しながら財布を拾う。袖のところがさっくりと切られていて、腕が見えていた。

「袖を切られてしまったわ」

「これはよくないね。新しい服を買おう。古着屋に戻ろうか」

「そうします」

このままでは駄目だ。それにしてもなかなか派手に切られている。否でも応でも服を買うしかなさそうだった。

もちろん家に戻ればつくろえるが、この場では難しい。

ふと、もしかしてそれが狙いなのだろうか、と思う。古着屋に戻ってきた沙耶に報復するのが目的だとするなら、逆手にとることもできそうだ。

そうなると、やはり月也に相談するしかない。ただ、直接会って話すとなると相手が警戒するだろう。なんとか会わずに連絡できないだろうか。

「古着屋に戻ると狙われる気がするのです。こうやって袖を切ったのは古着屋におびき寄せるつもりではないかと思います」

「それはありそうだね。やめるかい」

「逆手にとって御用にしたいのですが、相手に気づかれずに月也さんたちに連絡を取る方法はないでしょうか」

沙耶が言うと、音吉が胸を叩いた。

「そんなことなら任せておきな。歳の市だからね」

音吉には自信がありそうだった。

「じゃあ、羽子板を買って、もう一杯飲んでから古着屋に行こう」

「まだ飲むんですか」

「そうじゃないとつまらないだろう。せっかくの歳の市なんだ」

それからおたまになにか言う。おたまは頷いてどこかに行ってしまった。

おりんは残っている。音吉の世話のためだろう。

「じゃあ羽子板を見に行くよ」

改めて見ても、驚くほど多くの羽子板が並んでいる。沙耶は羽子板にはあまり興味がなかったから、これまできちんと見たことはない。

先ほど役者絵の羽子板に群がる女たちの様子は見たが、自分が買うつもりで見てはいなかった。

買う側として立つと、なかなかの迫力である。

羽子板と言っても、実際に遊ぶためのものはほとんど売っていない。どう考えても部屋に飾る用である。

店によってひいきの歌舞伎役者がいるようだ。それぞれ芝居で演じた人物の絵が羽子板に描かれている。

　そうでなければ、人気の芝居の登場人物が描かれていた。案外人気らしいのは四谷《よつや》怪談の田宮伊右衛門《たみやいえもん》で、いい男として描かれている。

「お岩と伊右衛門を買ったら、わたしと月也さんでお揃いになるでしょうか」

「よしなよ。趣味が悪いねえ。どうせなら助六《すけろく》と揚巻《あげまき》でいいじゃないか」

　歌舞伎の「助六由縁江戸桜《ゆかりのえどざくら》」で助六を名のる主人公の曾我五郎《そがごろう》をかくまう遊女、揚巻の方が自分には合っているのだろうか。考え込んでもう少し見て回る。

「あ。これはどうだい。千本桜。沙耶が義経《よしつね》で月也の旦那が弁慶《べんけい》なのは悪くないんじゃないかな」

　たしかにそれは良さそうだ。

　義経と弁慶なら、ひとつずつ持っていても楽しそうだった。

「じゃああたしは静御前《しずかごぜん》を買うかな。小田巻《おだまき》でも歌うとしよう」

　音吉が楽しそうに言った。

「白拍子《しらびょうし》の恰好でもするのですか」

「それもいいね、芸者っていうのは元を辿《たど》れば白拍子だからね。旦那衆のために踊るのも神様のために踊るのも、たいした違いはありはしないよ」

「あれ、これは沙耶の羽子板じゃないかい」

音吉が驚いたような声を出した。

よく見ると、たしかに沙耶のようだった。といっても瓦版《かわらばん》の中に出てくる沙耶だから、実物とはあまり関係がないが、随分と美人に描いてある。

その隣にあるのは、月也の羽子板だろう。

「いつの間にこんなものがでていたんでしょう」

「沙耶も人気者だからね。出てもおかしくはないね」

言いながら、音吉は何種類か手にとっていた。

「なにをしているのですか」

「買うんだよ。決まっているだろう。牡丹たちの分も買ってやろう」

「そんな。いらないですよ」

「欲しいに決まっているだろう」

音吉が十枚の羽子板を買った。

沙耶も、月也の羽子板を一枚買う。どう見ても歌舞伎役者にしか見えない絵だが、月也であることは間違いない。

長い戦十手《いくさじって》をかまえて捕り縄を持って格好をつけている。目には隈取《くまど》りがつけられていて、誰なのだという感じである。

それでも一枚を飾っておこう、と手にとったのだった。

「結局買うんじゃないか。自分の羽子板も買ったらどうだい」

「わたしのはいいんですよ。それにしても、こんなものを買う人がいるのでしょうか」

「見てればいいじゃないか」

音吉が笑う。見ていると、ちらほらと沙耶の羽子板を買う客がいる。

「ね、案外売れるだろう」

「そうですね。驚きました」

じゃあ、屋台を冷やかそうじゃないか。

「はい」

歩きはじめると、屋台のわきにも羽子板を飾ってある店が多い。客の方も、気に入った羽子板があるとなんとなく足を止めて、ついでに屋台でなにか買っていく。

若い娘が多いから、団子と甘酒が人気のようだ。

「こんな場所で巾着切りなんてひどいですよね」

「ああ。しかし掏摸ってのは素早いからね。なかなか見つけられないよ」

音吉が苛立《いらだ》った様子で言った。

「音吉さんは掏摸にお金を盗られたことはあるのですか？」

「ないね。いつも三人でいるせいかもしれないね」

確かに、芸者はいつも三人で行動するから、狙いにくいのかもしれない。それに、お金自体はおりんやおたまに持たせているから、狙っても外れるかもしれなかった。

今日のように一人で動いているときならお金を持っているが、そうでなければ芸者は金を持っていない。

商人もそうだが、金を預かるのはいつも小者である。

同心は、岡っ引きなどに小遣いを渡すときに小者に出させるのを嫌って自分の懐《ふところ》に入れている事が多い。

しかし、町人となると、小者が持つ方が普通だった。

「あれ、あっちにも沙耶の羽子板があるよ」

言ってから、音吉がにやりとした。

「帰ってみたら、月也の旦那が沙耶の羽子板を山ほど抱えているとみるね」

「月也さんはそんなことしませんよ」

言いながらも、一枚くらいは買っていてくれるだろうか、と思う。買わなくてもいいと思う反面、一枚も沙耶の羽子板を買っていなかったら、それはそれで寂しい気持ちになるのはわがままだろうか。

「どうしたの、沙耶」

「なんでもありません」

答えながら、なんとなく月也に期待してしまったのだった。

そういえば、月也は今ごろどうしているのだろう。

ふっと気になる。

歳の市を楽しんでいるとは思うが、お役目の方にも気を配っているのだろうか。

そしてその頃。

月也はまさに楽しんでいたのであった。

「おう。月也。もう一杯いけよ」

逢瀬が、まったく酔った様子もなく言った。

「俺はすぐつぶれるから茶でいいのだ」

月也が断る。

「せっかくの上燗屋《じょうかんや》で茶とは味気ないな」

上燗屋は、最近江戸で流行ってきている店だった。ほとんどが振り売りなのだが、まれに店を構えるところもある。

鰹節と醤油の出汁で、こんにゃくや豆腐、芋などを煮る。「煮込み田楽」と言われていた。

酒も出すので、燗酒と煮込み田楽をあわせて食べる客が多い。

月也のように田楽ばかり、という人間はむしろ少なかった。

それにしても、と月也は思う。

逢瀬は頑丈《がんじょう》だ。祭礼方同心というのは、一応閑職とされてはいる。定廻《じょうまわ》り同心のように毎日見回るわけではない。

祭りのときだけ出動すればいいのだから、休みが多いことになっていた。

しかし、江戸は祭りが多い。正月や節分、初午《はつうま》、桃の節句、端午《たんご》の節句と数え上げればきりがない。

結局は一年中祭りの中を歩き回るということになる。

祭りだけに酒も飲む。月也では耐えられそうにない。

「お前の女房殿は相変わらず美人だし優しいな。というかあの男装はなんだ。まるで役者のようではないか」

「お役目のためだ。俺には過ぎた女房だよ」

「いいな。ああいう女房なら俺も結婚したい」

「いや、結婚とはそういうものではないだろう」

武家の結婚には、本人の意思はあまり関係がない。あくまで両家の付き合いの結果である。月也にしても、沙耶との結婚は家の都合であり、二人はたまたまうまくいったに過ぎない。

逢瀬の家は代々同心だから、同心の娘と結婚するのが普通である。見合いの話がなかったとはとても思えない。

「見合いは全部断ったのさ」

逢瀬が言った。

「どうしてだ」

「俺は女房とうまくやれる人間ではないだろうからな」

「そうなのか？」

「俺を見てそう思わないか？　祭りにうつつを抜かしてさ」

「その考えはおかしい」

月也は思わずたしなめた。

祭礼方同心は立派な役目である。江戸の祭りは、凶悪犯罪こそ少ないが、さまざまな事件が起こる。

通常の同心では対応できないから、祭礼方がいるのである。岡っ引きにしても、普通とは違う岡っ引きが事に当たる。

岡っ引きは犯罪者出身が多いが、祭礼方の岡っ引きはテキ屋出身が多い。テキ屋というのは江戸の中でも特殊なので、うまく付き合える人間が限られる。

なんといっても、目の前の人間は全部敵だと思うからテキ屋なのである。数字の数え方からしてテキ屋語を使っている。

江戸の飲食店には露店が多く、そのかなりの部分に関係しているテキ屋だが、奉行所としては扱いやすいとは言い難い。

その中にあって、祭礼方はテキ屋をうまく扱える数少ない職なのである。

逢瀬は群を抜いて適性があり、テキ屋の信頼も厚い。

「お前は立派な同心だ。誇っていいと思うぞ」

「そう言ってくれるのは月也ぐらいだよ。他の同心には、ただのお祭り野郎だと思われているからな」

「そんな連中はほうっておけ。俺だってぼんくら同心だぞ」

月也は笑った。

「それは昔の話だろう。今のお前をぼんくら同心なんて言う奴はいないよ。お前のところは夫婦同心だ」

たしかに、沙耶がいるから、同心としての面目を保っているところはある。夫婦同心などと言われると素直に嬉しい。

「それに俺は、武家の女は少々苦手なのだ。何と言っても礼儀にうるさくしつけられてるだろう。もう少しくだけた町娘がいい」

「そうは言っても、町人と結婚するのはなかなか難しいではないか」

「だからしない。そのうち良い相手を見つけて子供だけは作りたいんだがな」

「いや、誰かの養子として婿《むこ》入りするなら、結婚はできるか」

「そうだな」

逢瀬は軽く笑うと、真面目な顔になって酒をあおった。

「もう少し食えよ。せっかくの田楽なんだし」

「まったくだ」

そういって月也は田楽を口に入れた。

出汁で煮込んだこんにゃくは美味しい。淡泊な味のこんにゃくに醤油がうまくしみこんでいた。

「辛子《からし》はいるかい」

「おう。くれ」

店の親父が差し出した辛子を、こんにゃくに載せた。

それから口の中に入れる。

頭の中に火花が散った。

思わずせき込む。

「ここの辛子は辛いんだぜ」

逢瀬が苦笑する。こんにゃくは辛子を吸い込まないから、辛さがまともにくる。美味しいのだが、鼻をなぐられたような刺激がある。

「このくらいは平気だ」

月也が強がった。

逢瀬が笑ったとき、一人の男が逢瀬のところにやってきた。

「親分」

「お、蝶《ちょう》か」

「いよいよはじまりますぜ」

逢瀬は、三人の小者を使っている。猪《いの》、鹿《しか》、蝶と呼んでいる三人で、いつも逢瀬と一緒に行動をしていた。

挟み箱を持っているのはたいてい猪で、鹿と蝶は辺りを見回ることが多い。今日は月也と二人で歩くため、今までは姿を見せなかったのだろう。

月也が問う。

「始まるっていうのはなんだ」

「掏摸同士の戦だよ。地元の掏摸が巾着切りの連中を迎え打つのさ」

「それを止めるのか」

「どうしたものかな。正直言って、掏摸の揉めごとは掏摸に任せておいたほうがあとあと面倒がないんだがな」

掏摸には掏摸の仁義がある。同心といえどもうかつに首を突っ込むものではない。

蝶が、逢瀬になにかを囁いた。

「沙耶殿が巻き込まれたようだぞ」

逢瀬が言う。

「どういうことだ」

「沙耶殿が、巾着切りを一人捕まえたらしい。それを見た仲間が息巻いて、沙耶殿を襲おうとしているようだ」

「すぐに助けに行かねばならないな」

月也が立ち上がる。

「まあ、待て。少し落ち着け」

逢瀬が言う。

「沙耶に危険が及ぶのであれば、落ち着いてなどいられない」

「沙耶殿はなかなかやり手なようだぞ。相手を一ヵ所に集めて一網打尽にするつもりらしい」

「どうやって」

「そんなことは俺にもわからないさ。ただ、こうなったら仕方がない。巾着切りを全部捕まえてまとめて仕置きしよう」

「俺も協力するぞ」

「おう。まずはやることがある」

逢瀬は立ち上がった。

「ついてこい」

月也が連れていかれたのは、富岡八幡の料理屋、伊勢屋である。その中に、歳の市の元締めにあたる男が座っていた。

「おう。元締め」

逢瀬が挨拶する。

「この人は元締めだ。名前は知らなくていいよ。『元締め』だけでいい」

そういうと、逢瀬は元締めの前にあぐらをかいた。

「歳の市で、掏摸が戦をするって息巻いてるだろう。放っておこうと思ったんだがな。巾着切りの方をお縄にすることに決めたよ」

「そうかい。こっそりやるのかい。派手にやるのかい」

「派手にやる。まるで芝居のように派手にな。主役が現れたからね」

「主役？」

「沙耶殿という十手持ちさ。こちらの月也殿の女房だ」

「ああ。あの方ですね。ほほう。それならこちらも準備しましょう」

「どういうことですか」

月也にはわけがわからない。

派手とか地味とか主役とか。理解できなかった。

「捕り物に地味や派手があるのか」

月也の質問に、逢瀬が頷く。

「ある。というか、幕府は祭りというもの自体にいい顔をしていないのだ。町奉行が祭りを潰さないように頑張っているからできるんだ」

「そうなのか」

「風烈廻方同心のように、どうしても江戸に必要な同心にはわからないかもしれないが、祭りは奢侈《しゃし》をあおるとして睨まれている。だから祭りに不祥事があればいつでも手入れをするのよ。祭礼方同心も、本来なら文句をつけて祭りを小さくする役割なのだ」

たしかに幕府は奢侈に厳しい。

祭りは奢侈の温床ともいえるから、祭りを潰そうと考えてもおかしくはない。

「それならば、派手な捕り物は良くないのではないか」

「江戸に侵入した盗賊を一網打尽にするなら、派手も悪くない。しかも女の十手持ちとして庶民の人気が高い沙耶殿がやるなら、幕府にもいい顔ができる」

「しかし、沙耶にどう伝えよう。俺がいくか」

「いや、月也では駄目だ。巾着切りにわかってしまう」

「どうするのだ」

「そこは任せろ。歳の市くらいになるとな。毎年同じ連中が屋台を出してくる。この富岡八幡に出ている全ての店が今日明日に限っては家族のようなものなのだ。外から来た巾着切りなどに好きにはさせないさ」

それから逢瀬は月也を見る。

「もちろんお前の出番もある。月也」

「おう。なんでも言ってくれ」

月也は胸を張って答えた。

どのような出番かは知らないが、同心としてできるだけのことはするつもりだった。

沙耶の方は、羽子板を持ったまま、歳の市を散策していた。音吉になにか考えがあるのはわかったが、どうするつもりなのか。

「まずはこれかな」

音吉が立ち止まったのは握り飯屋だった。と言っても普通の握り飯よりはずっと小さなものを売っている。

「ここは寿司まね屋さ」

「寿司まね？」

「握り寿司っていうのが流行ってるだろう？　でもあれは女には少々大きすぎるじゃないか。それでこの寿司まねっていうのはね、小さな握り飯の上に具を載せて出すんだよ。元々は火事の時の炊き出しでね。手間を省くためにこの形にしたのさ。だから本当は寿司の方が寿司まねのまねなんじゃないかね」

言いながら、音吉がどれを食べるか選ぶ。

沙耶も寿司まねを眺めてみた。

普通の握り飯の半分くらいの小さな飯の上に梅が載っている。鰹節のもあるし、沢庵のもあった。

その中に魚を載せているものがあった。

コハダとは少し違うが、コハダに似ている。

「これはもしかして……」

寿司まね屋の親父が言う。

「お？　わかるかい、サッパって魚さ。江戸じゃあんまり食べないけどな、安いんだ。でもなかなか美味いんだよな」

「上方《かみがた》で食べられているのですよね」

「そうだね。ままかりって言われてるらしいね」

江戸ではなかなかお目にかかれない、珍しい魚である。沙耶はひとつ食べることにした。

「ではこれをひとつください」

「あいよ」

食べてみると、サッパは酢で〆てあって、少々塩がきつい。だが、それが握り飯によく合っていた。

「これはご飯が美味しくなりますね」

「飯が借りたくなるからままかりって言うらしいよ」

どうやらみんな考えることは同じらしい。

寿司まねを食べ終わるころ、寿司まね屋の親父のところに使いが来た。こちらを見ている。何だろうと思っていると、親父が言った。

「あんた、沙耶さんっていうんだろう。月也さんて人から伝言が来た」

「どうやってここがわかったのですか」

この大勢の人の中で、屋台を歩いている沙耶を見つけたというのだろうか。不思議にもほどがあった。

「あんたは目立つからね。すぐわかるんだ」

「それにしてもよく……」

「ここらの屋台はいつもいろんな情報を交換しているからね。知らない人には不思議で仕方がないだろうね」

「それで、月也さんの伝言とはどのようなものなのですか」

「これから巾着切りを捕まえるから音頭《おんど》をとってくれということだ」

音頭をとるというのは、どういうことだろう。指揮をすればいいのだろうか。

「なるほど。音頭ね。わかった」

音吉が納得した。

「どういうことですか？」

「捕り物を出し物にしちまおうって肚《はら》さ。逢瀬の旦那が考えたんだね」

「出し物？」

「そうそう。歳の市を舞台のようにして捕り物をやろうってことさ。そうしちまったほうが安全なんだよ。みんなの心構えができるからね」

そうか、と沙耶は思う。ここで捕り物があるとわかれば、人々は構えるだろう。構えれば、それだけ怪我をする危険は減る。それに、野次馬に囲まれれば犯人は逃げることができない。

「でもうまく追い込まれてくれるのでしょうか」

「本来は無理だね。でも、沙耶に仕返しをしたいという気持ちで目が曇ってるだろうから、うまくいくんじゃないかな」

「そんなに仕返しをしたいものでしょうか」

「そりゃそうさ。わざわざ江戸まで来てこっちの掏摸に喧嘩《けんか》を売るって連中だよ。女にへこまされて手ぶらで帰ってみなよ。あいつらは腑抜《ふぬ》けだっていうんで、今後何かする時に馬鹿にされちまうのさ」

「面子《メンツ》が大切ということですか」

「裏稼業っていうのは表以上に面子を重んじるからね。沙耶に怪我の一つも負わせなければ、地元には帰れないだろうよ」

ということは今も沙耶は見張られているに違いない。だとするとこちらの都合のいい場所におびき寄せることができそうだ。

「どこが適当な場所でしょう」

「古着屋でいいだろう。あそこなら不自然じゃないからね」

どきどきしながら古着屋に向かう。

とりあえず服を選ぶことにした。隙を見せなければ襲っても来ないだろう。改めて見ると、様々な色の服が並んでいる。

冬なので、少々厚手の木綿の服が欲しい。幕府としては絹を廃止して木綿の服だけにしたいようだが、古着まで取り締まる気はないから、古着には絹物が溢れている。

音吉はその中からすっきりした縞の着物を手に取った。

「こういうのもいいんだけどね」

「よく似合うと思いますよ」

言いながら自分のものも探す。

「沙耶は男物を買った方がいいだろう」

「そうですね」

言われて男物を探す。

同心の月也は色も柄も決まっているが、小者の沙耶はなにを着てもいい。袴《はかま》姿であれば、あとの決まりはなかった。

もっとも小者はあまり目立つべきではないから、地味な着物が多い。だが、沙耶の場合は目立った方がいいことが増えてきた。

思い切って目立つ服にしてみるのもいい。

深川鼠の地の着流しに、団十郎茶の羽織を合わせる。青の服にやや赤みがかった羽織で、歌舞伎役者とまではいかないが、かなり派手な衣装である。

「これはどうですか」

「いいね。あたしを引き連れて歩くのに向いているよ」

「でも月也さんと歩くのには向かないですよね」

「いいじゃないか。あたしと歩くときだってあるだろう」

音吉は、おりんにも声をかけた。

「これくらい派手だっていいじゃないかねえ」

「はい。よくお似合いですよ」

おりんも笑顔で頷く。

「それならこれを買ってしまおうかしら」

店の者に声をかけようとすると、誰もいない。

はっと気がつくと、沙耶たちの回りには人がいなくなっていた。

そして、先ほどの男たちが、沙耶たちを囲んでいた。全部で六人。人数が増えている。

「なにか御用ですか」

沙耶が言うと、男の一人が前に出た。

「あんた、俺たちの仲間を捕まえたろう。あんたを無傷で返したら、俺達の名前に傷がつくんでな。ちょっと痛い目を見てもらうぜ」

「店の人達はどうしたのですか」

「少し小遣い渡していなくなってもらった。お前を痛い目に遭わせればそれでいい」

「どうやって？」

沙耶はにっこりと笑うと、十手を取り出した。

「この十手に喧嘩を売ろうなんて、百年早いんじゃないかしら」

「十手だと？　お前女だろう」

「女だから十手を持てないなんて、誰が決めたのかしらねえ。田舎暮らしが長すぎて頭が固くなってるようね」

それから、沙耶は残っているほうの袖をまくると、腹の底から声を出した。

「おうおう。天下の富岡八幡で巾着切りとはいい度胸じゃないか。お前たちの敵はこの十手じゃない。富岡八幡の客全員だと思うがいいさ」

沙耶が叫ぶと、周りからいっせいに声があがった。いつの間にか、男たちの方が囲まれている。

「御用だ！」

沙耶が叫ぶ。

「御用だ！」

野次馬が全員で叫んだ。

富岡八幡中が、「御用だ！」という叫びで溢れる。

野次馬の中から、金吾親分が現れた。その後ろから男たちが十人ほど来る。おそらくはこれが地元の掏摸なのだろう。

「おう。巾着切り」

金吾親分が声をかけた。

「残念だけどよ。お前たちは奉行所に渡したりしねえよ。お縄になった後は俺達が引き取ってきっちりとお仕置きしてやるさ」

巾着切りの顔色が変わった。奉行所に突き出されても初めてならたいした罪にはならない。だが、掏摸に引き渡されればただではすまない。

巾着切りたちは慌てて逃げようとしたが、何と言っても多くの人々に囲まれている。

る。


「こうなったら仕方ねえ」

そう叫ぶと、沙耶の方に向かってこようとした。

「そうはいかないな」

沙耶の後ろから、月也と逢瀬が出てきた。月也はいつの間にか戦十手を持ってい
る。

「ここから先は俺が相手だ」

野次馬はまさに芝居を見ているかのような盛り上がりである。

「よっ。千両役者！」

「紅藤屋！」

あちこちから声が飛んだ。

「なんなんだ、お前ら。同心なのか」

巾着切りは、信じられないという表情になる。

「もちろん同心さ。今日ここに俺たちがいたのがお前らの不運ってやつだな」

月也も芝居っ気たっぷりに言う。

「ふざけるな」

巾着切りが匕首《あいくち》を抜いた。しかし、六人いようが七人いようが、戦十手を構えた同

心が相手ではどうにもならない。

逢瀬も、戦十手を構える。二人となると、勝ち目はまったくない。

男たちは向かってはきたものの、あっという間に叩きふせられてしまった。

「旦那方。無理を承知でお願いします。引き渡してください」

金吾親分が頭を下げた。

「いいだろう。手荒にするといい」

そういうと、月也は巾着切りたちを引き渡したのだった。


「あいつら全くいい奴じゃなかったな」

月也が珍しく言った。

音吉たちとも別れていまは二人になっている。

「ええ。その通りですね」

沙耶も言う。

男たちを金吾親分に引き渡したあとは、月也も疲れたらしい。沙耶も今日のところは引き揚げたかった。

「俺はもう少し歳の市を回るぜ」

そういうと逢瀬は去っていってしまった。

「やれやれ。あいつは本当に体力があるな」

「そうですね」

言いながら、沙耶は月也に羽子板を差し出した。

「はい。これ」

「なんだ。これは」

「月也さんの羽子板です」

そういってくすりと笑うと、月也が照れたような顔で横を向いた。

「俺も買った」

そうして月也は沙耶の羽子板を十枚出したのだった。


今年もいよいよ終わりである。

沙耶の一年の締めくくりは何と言っても晦日蕎麦《みそか》である。蕎麦で一年をきちっと終えてから新年を迎えるのが、江戸の習わしである。

蕎麦と熱燗。これが何よりのごちそうだ。蕎麦は中野《なかの》からいい蕎麦を届けてもらっている。

今年も大根に始まって大根に終わった気がする。

沙耶は大根をおろしながらそう思った。

沙耶の家の食卓を支えてくれているのは大根といってもいい。冷やしても温めても美味しい最高の野菜である。

大根をおろし終わると一息つく。晦日蕎麦はあまり贅沢なのもよくない。蕎麦と大根おろしぐらいがちょうどいいのだ。

つゆは、門前仲町の稲葉屋が届けてくれたものを使うことにしていた。蕎麦つゆは家庭で作るよりも店から届けてもらった方がずっと美味しい。

たっぷりのお湯で蕎麦を茹でると、ざっと水で洗う。そうしてから温めた蕎麦つゆをたっぷりと蕎麦にかける。

大根おろしと、辛子、薬研堀、後は生卵を用意した。これは大根おろしに混ぜてもいいし、蕎麦の方に落としてもいい。

葱も多めに刻んだ。

月也のもとに運ぶと、月也はもう顔を赤くしていた。豆腐の田楽で一杯飲んで、いい気分らしい。

「お。なかなか豪勢だな」

「贅沢すぎるのも困りますが、年の瀬なのにあまりにも質素では寂しいでしょう」

「そうだな」

「お餅《もち》はお雑煮《ぞうに》に入れますから、蕎麦は大根おろしでいきましょう」

「うむ」

月也が楽しそうに箸をとる。

「沙耶も早く」

「はい」

箸を手にすると、除夜の鐘が鳴った。これから百と七回、鳴っていくことになる。

温かい蕎麦に、大根おろしを少し入れて食べる。まずは大根おろしだけである。一口すって、大根の辛みを感じつつ、蕎麦を一口食べる。

それから、ゆっくりと葱を足していく。大根おろしだけの味と、葱を混ぜた味はけっこう違う。葱の辛みが大根おろしの辛みと混ざって、別の味になる。

沙耶は月也と違って薬研堀は入れない。大根と葱の刺激だけで充分である。

そうして半分ほど食べたところで生卵を入れる。くるくると汁の中でかき回すと、卵の白身がうっすらと膜になる。黄身は蕎麦や大根とまざりあって、混沌《こんとん》とした様子を丼の中に出現させる。

その混沌とした汁を、行儀悪くすすると、辛みと甘みがよく調和してなんともいえない旨みがする。

「美味しいですね」

沙耶が声をかけると、月也はすでに最後の一滴まで汁を飲んでいた。

「うむ。美味かった」

「もう全部召し上がったのですか」

「美味いからすぐ食べ終わるのだ」

それから、月也は満足そうに言った。

「今年も沙耶の作った飯をたくさん食べた」

「そうですね」

「来年もたくさん食べようと思う」

「もちろんです。いくらでも召し上がってください」

「まずは雑煮からだな」

「気が早いですね」

沙耶は思わず笑った。まだ除夜の鐘が鳴っているのに雑煮は早すぎる。

「そのあとは年越し蕎麦だな」

「それは小正月でしょう」

「さすがに気が早いか」

「晦日蕎麦を食べながら年越し蕎麦の話だなんて。半月も先ではないですか」

「半月などすぐだ。なんといっても沙耶と一緒に過ごしているのだからな」

それはそうだろう。毎日江戸を見回って、様々な事件に接しているのだ。夫を待っているだけの生活とは密着度がかなり違う。

家を守るという普通の幸せではないかもしれないが、夫とともに歩くという幸せを、沙耶は手に入れている気がする。

それに音吉や牡丹をはじめとする、かけがえのない人々もいる。

月也の小者になってよかった、と心の底から思えた。

「そういえば、逢瀬様は、そろそろ身を固められるのでしょうか」

「まだないだろう」

月也が苦笑した。

「あれは祭りが嫁のようなものだからな」

「それはそれで、楽しくていいですね」

「まあそうだな。あいつには弟がいるから、弟の子供が家督を継ぐということもできない相談ではないだろう」

武家の場合、結婚の目的のほとんどは子をなして家をつぐことだ。だから結婚しない長男というのはありえない。

「あいつもいずれは身を固めるだろうがな。話を聞いていると、どうも結婚より恋がしたいのではないかと思うのだ」

「結婚してから恋をしても間に合うのではないでしょうか」

「沙耶は、恋をしたことがあるのか？」

「はい」

「だ、誰にだ」

月也が目を剝いた。

「そんなこと、聞かなければわからないのですか」

「わからない」

「月也さんに決まっているではないですか」

「……そうなのか」

「はい。嫁いできたその日に、わたしは月也さんに恋をしたのですよ」

それから、沙耶は月也の唇に右手の人差し指をあてた。

「それからずっと恋をしています」

「俺は……俺も」

月也が言葉に詰まった。

「俺も沙耶が嫁いできたその日から、沙耶に恋をしているぞ」

「嬉しいです」

「だから来年も」

月也が不意に沙耶の体を抱き締めた。

「来年もいい年にしたいな」

「はい」

月也の体温を感じながら。

沙耶は除夜の鐘がまた鳴るのを聞いた。

この先もずっと、月也と歩いていくのだと思う。

幸せな気持ちになりながら。

沙耶はふと、新年の雑煮をどうしよう、と。

無粋《ぶすい》なことを考えたのであった。

井戸の水がさらさらと流れてたまっていく。まだ夜が明けるには少し早い時間である。普段なら井戸端にはそれでも人がいるのだが、今日はいない。

沙耶ひとりで井戸を使うのは気が引けるが、元日の今日ばかりはしかたがない。

たった一晩の違いだが、晦日と元日は大きく違う。

正月の朝は町人は眠っている。たいていが夜通し騒いでいるからだ。

今日に限っては町人はなにもしない。魚屋も八百屋も開いていないし、みんな寝て過ごすのが習慣だった。

江戸が復活するのは明日の二日からである。

一方武家は、むしろ早く寝て早く起きるのが元旦《がんたん》である。

沙耶が早朝井戸にいるのは、若水《わかみず》を汲《く》むためだ。正月の朝一番に井戸から汲む水を若水といって、縁起がいいのだ。

一番に月也に若水を飲ませてあげたいと思う。

小さな器に若水を取ると、調理用の水もついでに汲んだ。

家に戻って食事の準備をする。

とん、と包丁で葱を刻むと、普段よりも音が響く気がした。

元日の八丁堀は静かなものである。

今日は、月也は起きたらでかけてしまい、翌日まで帰ってこない。だから朝だけ作るということになる。

江戸の元日は、武家と町人ではまるで意味が異なる。武家にとって元日は言ってしまえば「本番の日」である。

将軍や大名、旗本《はたもと》は挨拶廻りで一日中動き回る。小型の参勤交代のようなもので、早朝からあわただしい。手の者を連れ、足が動かなくなるまで廻るのである。

奉行の筒井政憲《まさのり》などは、この日は最悪ともいえるほどに忙しい。

ただし、下級武士には関係ない。彼らにとっては「忘年会の日」ともいえた。

奉行所は二十五日から忘年会に突入して、正月二日まで奉行所の中はずっと宴会場になる。

月也は飲んだくれるのを嫌って年末は行かないが、正月の二日間は宴会のために家を空けることになる。

だから元旦は簡単に雑煮を作るだけである。

今年の雑煮は、鮪《まぐろ》にした。

なんといっても安い。江戸で一番安い魚は鮪である。鰯よりも安く下魚《げざかな》のわりに美味しいということで、最近人気が上がってきていた。

沙耶は以前から鮪の味が気に入っていたので、魚屋のかつに年末に届けてもらっていた。醤油に漬けて戸棚に保存してある。

鮪は漬けて二日目くらいが美味しい。身も締まるし、味もしっかりしみている。

包丁で大きめの刺身のように切って、鍋で少し煮るとなかなか美味しい。そのときに、葱をたくさん添えるのがこつである。

ただし、やりすぎると雑煮ではなくて煮物になってしまうので、鮪は少し大人しめの量にする。

江戸の雑煮はたいてい「すまし」である。味噌は「一年の頭に味噌がつく」として嫌われている。

たわいもない縁起かつぎだが、すましのほうがあっさりしていて新年にはふさわしい気もする。

たっぷりの鰹節で出汁をとって、漬けた鮪と、かまぼこ、小松菜。そして焼いた餅を入れるとできあがりである。

ぴりっとした味が好きな月也のために、椀《わん》に盛るときに薬研堀をかけた。

餅は月也が二個、沙耶は一個である。

「お。きたきた」

月也が嬉しそうに言った。

「あけましておめでとうございます」

沙耶は両手をついてきちんと挨拶をする。

それから水を盃に注いだ。

「うむ。おめでとう」

そう言うと、月也は水を飲みほした。

「うまいな。若水か」

「はい」

それから雑煮に口をつける。

「お。鮪か。いいな」

月也が顔をほころばせる。武家の中には鮪を下魚として嫌う人間がいて、月也も以前は気にしていたが、このごろはまったく気にならないらしい。

「酒は、家では正月があけてからゆっくりと飲む」

月也が雑煮を食べながら言った。

「今日は倒れるまで飲むことになるからな」

あまり気乗りのしない顔である。

「たまにはいいではないですか」

「武士が酔いつぶれるのはいいことではない。沙耶と飲むならいいのだがな」

月也はあらためてため息をついた。

とはいえ、仕方のないことである。行かないわけにもいかないのだ。

月也は気を取り直したように頷き、元気よく立ち上がる。

「では、行ってくる」

月也を見送ると、沙耶も出かけることにした。音吉のところに年始に行くつもりだ。

今日ばかりは音吉も暇に決まっているからだった。今日は男装の必要もないので普通に着物を着た。ついでに簡単なお重《じゅう》を作る。

家を出ると、人通りのない八丁堀を深川の方に歩く。

普段は人でごった返している永代橋も、今日は人通りが少ない。

初詣《はつもうで》といってもそれは昼過ぎからのことで、早い時間にわざわざ初詣をする人もいない。なによりもかりん糖売りですら歩いていなかった。

いつもならうるさいくらいの売り声がないと、まるで深川ではないようだ。

蛤町まで歩いて音吉の家につくと、戸に手をかけた。

するりと開く。元日に盗みに入る人間もいないから、用心もなにもなかった。

「あけましておめでとうございます」

挨拶すると家の中から最初に返ってきたのは牡丹の声だった。

「あけましておめでとうございます」

牡丹が部屋の拭《ふ》き掃除をしていた。

「音吉はどうしているの？」

「二階で寝ています。朝まで座敷があったようですよ」

晦日の芸者は朝まで大変である。朝になってやっと解放され、いまは眠っているのだろう。

「牡丹は眠ったの？」

「もちろんですよ。わたしには晦日に騒ぐ相手もいませんから。しっかり眠って音吉姐さんのお世話にやってきたんです」

牡丹には身寄りがないから、音吉たちが家族のようなものなのだろう。

「では、お屠蘇《とそ》はわたしとどうかしら」

「いいんですか？　音吉姐さんを起こさなくて」

「気持ちよく寝ているのに悪いでしょう」

沙耶はそう言うと、お重を取り出した。

「簡単だけどつまみを作ってきたの」

お重には、切った鮪の漬けと、数の子、そして胡麻をまぶしたお握りを入れてある。五人分作ってあるから、量は十分である。

「では、お燗《かん》をつけましょう」

牡丹が火鉢に向かう。今日の牡丹はいつになく嬉しそうである。

「なにかいいことがあったの？　楽しそうね」

「沙耶様の料理で新年が始まるのですから、これ以上楽しいことはないですよ」

「お世辞でもそういってもらえるとほっとするわ」

「本当に嬉しいんですよ」

牡丹は少々すねたような声を出した。

「お燗がつきました」

牡丹が酒器の準備もし、お酌をしてくれた。

「ありがとう」

沙耶もお酌を返す。

「よろしくおねがいします」

牡丹が幸せそうに飲みほした。

「食べてね」

お重を差し出すと、牡丹がいそいそと箸をつける。

「このお握り、美味しいですね」

「最初にお握りなのね」

「これが一番沙耶様のぬくもりの味がします」

言いながら勢いよく食べていく。酒よりもお握りの方がいいらしい。

「たくさん食べてね」

「はい」

牡丹が食べるのを見ているうちに、上から誰かが降りてくる音がした。

「なんだい。騒がしいねえ」

音吉の声がした。

「あけましておめでとうございます」

沙耶が挨拶をすると、音吉がしゃっきりと目を開いた。

「なんだい。沙耶じゃないか。しかもなにか食べてるね」

少々乱れた姿のまま、音吉がお重のところに来た。

「いいものがあるね」

お握りに手をつける。

「音吉もお握りからなの？」

「なんだい。『も』ってのは。昨日から酒を飲みすぎてもう酒はいらないんだ。この胡麻のお握りはいいね。美味しい」

嬉しそうに食べる。

「来年はお握りの量を増やします」

「嬉しいね。来年もここに来るんだね」

「いいですか？」

「もちろんいいよ。まあ、なによりもあけましておめでとう」

音吉が機嫌よさそうに数の子に手をつけた。

「牡丹。あたしにも酒をくんな」

「もうお酒はいやだって言ったばかりではないですか」

「やっぱり、沙耶との酒は別さ」

言いながら、音吉は大きくのびをした。

そして沙耶に向かって笑顔を向ける。

「今年もよろしく」

沙耶も笑顔を返すと、晴れ晴れとした気持ちで言った。

「今年もよろしくお願いします」

本書は文庫書下ろし作品です。

|著者| 神楽坂 淳　1966年広島県生まれ。作家であり漫画原作者。多くの文献に当たって時代考証を重ね、豊富な情報を盛り込んだ作風を持ち味にしている。小説には『大正野球娘。』『三国志1～5』『金四郎の妻ですが』『捕り物に姉が口を出してきます』などがある。

うちの旦那《だんな》が甘《あま》ちゃんで　9

神楽坂《かぐらざか》 淳《あつし》

2020年12月15日第1刷発行

発行者――渡瀬昌彦
発行所――株式会社　講談社
東京都文京区音羽2-12-21　〒112-8001
電話　出版（03）5395-3510
　　　販売（03）5395-5817
　　　業務（03）5395-3615
Printed in Japan

講談社文庫
定価はカバーに
表示してあります

デザイン―菊地信義
本文データ制作―講談社デジタル製作
印刷――――中央精版印刷株式会社
製本――――中央精版印刷株式会社

ISBN978-4-06-521871-6

講談社文庫刊行の辞

二十一世紀の到来を目睫に望みながら、われわれはいま、人類史上かつて例を見ない巨大な転換期をむかえようとしている。

世界も、日本も、激動の予兆に対する期待とおののきを内に蔵して、未知の時代に歩み入ろうとしている。このときにあたり、創業の人野間清治の「ナショナル・エデュケイター」への志を現代に甦らせようと意図して、われわれはここに古今の文芸作品はいうまでもなく、ひろく人文・社会・自然の諸科学から東西の名著を網羅する、新しい綜合文庫の発刊を決意した。

激動の転換期はまた断絶の時代である。われわれは戦後二十五年間の出版文化のありかたへの深い反省をこめて、この断絶の時代にあえて人間的な持続を求めようとする。いたずらに浮薄な商業主義のあだ花を追い求めることなく、長期にわたって良書に生命をあたえようとつとめるところにしか、今後の出版文化の真の繁栄はあり得ないと信じるからである。

同時にわれわれはこの綜合文庫の刊行を通じて、人文・社会・自然の諸科学が、結局人間の学にほかならないことを立証しようと願っている。かつて知識とは、「汝自身を知る」ことにつきていた。現代社会の瑣末な情報の氾濫のなかから、力強い知識の源泉を掘り起し、技術文明のただなかに、生きた人間の姿を復活させること。それこそわれわれの切なる希求である。

われわれは権威に盲従せず、俗流に媚びることなく、渾然一体となって日本の「草の根」をかたちづくる若く新しい世代の人々に、心をこめてこの新しい綜合文庫をおくり届けたい。それは知識の泉であるとともに感受性のふるさとであり、もっとも有機的に組織され、社会に開かれた万人のための大学をめざしている。大方の支援と協力を衷心より切望してやまない。

一九七一年七月

野間省一

講談社文庫 目録

風野真知雄 潜入 味見方同心(一)〈恋のぬるぬる膳〉
風野真知雄 潜入 味見方同心(二)〈陰膳だらけの宴《うたげ》〉
風野真知雄 昭和探偵1
風野真知雄 昭和探偵2
風野真知雄 昭和探偵3
風野真知雄 昭和探偵4
カレー沢 薫 負ける技術
カレー沢 薫 もっと負ける技術〈カレー沢薫の日常と退廃〉
カレー沢 薫 非リア王
下野《かばた》康史 ポルシェより、フェラーリより、ロードバイクが好き〈熱狂と悦楽の自転車ライフ〉
野崎雅人 戦国BASARA3
佐々原史緒 〈真田幸村の章/猿飛佐助の章〉
矢野 隆 戦国BASARA3
映島 巡 〈伊達政宗の章/片倉小十郎の章〉
タタツシンイチ 戦国BASARA3
鏡 征爾 〈長曾我部元親の章/毛利元就の章〉
タタツシンイチ 戦国BASARA3
梶 よう子 〈徳川家康の章/石田三成の章〉
風森章羽《しょう》 渦巻く回廊の鎮魂曲《レクイエム》〈霊媒探偵アーネスト〉
風森章羽 清らかな煉獄〈霊媒探偵アーネスト〉
加藤千恵 こぼれ落ちて季節は
神田 茜 しょっぱい夕陽
神林長平 だれの息子でもない

神楽坂 淳 うちの旦那が甘ちゃんで
神楽坂 淳 うちの旦那が甘ちゃんで 2
神楽坂 淳 うちの旦那が甘ちゃんで 3
神楽坂 淳 うちの旦那が甘ちゃんで 4
神楽坂 淳 うちの旦那が甘ちゃんで 5
神楽坂 淳 うちの旦那が甘ちゃんで 6
神楽坂 淳 うちの旦那が甘ちゃんで 7
神楽坂 淳 うちの旦那が甘ちゃんで 8
加藤元浩 捕まえたもん勝ち!〈七夕菊乃の捜査報告書〉
加藤元浩 量子人間《クオンタムマン》からの手紙〈捕まえたもん勝ち!〉
梶永正史 銃の啼《な》き声〈潔癖刑事・田島慎吾〉
梶永正史 潔癖刑事 仮面の哄笑《こうしょう》
川内有緒 晴れたら空に骨まいて
金田一春彦・安西愛子 編 日本の唱歌 全三冊
岸本英夫 死を見つめる心〈ガンとたたかった十年間〉
北方謙三 汚名の広場
北方謙三 試みの地平線〈伝説復活編〉
北方謙三 抱 影
菊地秀行 魔界医師メフィスト〈怪屋敷〉

北原亞以子 深川澪通り木戸番小屋
北原亞以子 新 地 橋〈深川澪通り木戸番小屋〉
北原亞以子 夜の明けるまで〈深川澪通り木戸番小屋〉
北原亞以子 澪 つ く し〈深川澪通り木戸番小屋〉
北原亞以子 たからもの〈深川澪通り木戸番小屋〉
北原亞以子 歳三からの伝言
桐野夏生 新装版 顔に降りかかる雨
桐野夏生 新装版 天使に見捨てられた夜
桐野夏生 新装版 ローズガーデン
桐野夏生 O U T (上)(下)
桐野夏生 ダ ー ク (上)(下)
桐野夏生 猿の見る夢
京極夏彦 文庫版 姑獲鳥《うぶめ》の夏
京極夏彦 文庫版 魍魎《もうりょう》の匣《はこ》
京極夏彦 文庫版 狂骨《きょうこつ》の夢《ゆめ》
京極夏彦 文庫版 鉄鼠《てっそ》の檻《おり》
京極夏彦 文庫版 絡新婦《じょろうぐも》の理《ことわり》
京極夏彦 文庫版 塗仏《ぬりぼとけ》の宴《うたげ》—宴の支度
京極夏彦 文庫版 塗仏の宴—宴の始末

喜国雅彦 国樹由香　メフィストの漫画
喜国雅彦 国樹由香　本格力〈本棚探偵のミステリ・ブックガイド〉
清武英利　石つぶて〈警視庁 二課刑事の残したもの〉
清武英利　しんがり〈山一證券 最後の12人〉
喜多喜久　ビギナーズ・ラボ
黒岩重吾　新装版 古代史への旅
栗本　薫　新装版 絃《いと》の聖域
栗本　薫　新装版 ぼくらの時代
栗本　薫　新装版 優しい密室
栗本　薫　新装版 鬼面の研究
黒柳徹子　窓ぎわのトットちゃん 新組版
倉知　淳　新装版 星降り山荘の殺人
倉知　淳　シュークリーム・パニック
熊谷達也　浜の甚兵衛
倉阪鬼一郎　大江戸秘脚便
倉阪鬼一郎　娘飛脚を救え〈大江戸秘脚便〉
倉阪鬼一郎　開運十社巡り〈大江戸秘脚便〉
倉阪鬼一郎　決戦、武甲山〈大江戸秘脚便〉
倉阪鬼一郎　八丁堀の忍
倉阪鬼一郎　八丁堀の忍(二)〈大川端の死闘〉
倉阪鬼一郎　八丁堀の忍(三)〈遥かなる故郷〉
倉阪鬼一郎　八丁堀の忍(四)〈隻腕の抜け忍〉
黒木　渚　壁の鹿
栗山圭介　居酒屋ふじ
栗山圭介　国士舘物語
黒澤いづみ　人間に向いてない
決戦！シリーズ　決戦！関ヶ原
決戦！シリーズ　決戦！大坂城
決戦！シリーズ　決戦！本能寺
決戦！シリーズ　決戦！川中島
決戦！シリーズ　決戦！桶狭間
決戦！シリーズ　決戦！関ヶ原2
決戦！シリーズ　決戦！新選組
小峰　元　アルキメデスは手を汚さない
今野　敏　ST警視庁科学特捜班 エピソード1〈新装版〉
今野　敏　ST警視庁科学特捜班 毒物殺人〈新装版〉
今野　敏　ST警視庁科学特捜班〈黒いモスクワ〉
今野　敏　ST警視庁科学特捜班〈青の調査ファイル〉
今野　敏　ST警視庁科学特捜班〈赤の調査ファイル〉
今野　敏　ST警視庁科学特捜班〈黄の調査ファイル〉
今野　敏　ST警視庁科学特捜班〈緑の調査ファイル〉
今野　敏　ST警視庁科学特捜班〈黒の調査ファイル〉
今野　敏　ST為朝伝説殺人ファイル〈警視庁科学特捜班〉
今野　敏　ST桃太郎伝説殺人ファイル〈警視庁科学特捜班〉
今野　敏　ST沖ノ島伝説殺人ファイル〈警視庁科学特捜班〉
今野　敏　ST化合 エピソード0〈警視庁科学特捜班〉
今野　敏　STプロフェッション〈警視庁科学特捜班〉
今野　敏　ギガース〈宇宙海兵隊〉
今野　敏　ギガース2〈宇宙海兵隊〉
今野　敏　ギガース3〈宇宙海兵隊〉
今野　敏　ギガース4〈宇宙海兵隊〉
今野　敏　ギガース5〈宇宙海兵隊〉
今野　敏　ギガース6〈宇宙海兵隊〉
今野　敏　特殊防諜班 連続誘拐
今野　敏　特殊防諜班 組織報復
今野　敏　特殊防諜班 標的反撃
今野　敏　特殊防諜班 凶星降臨

講談社文庫　目録

今野　敏　特殊防諜班　諜報潜入
今野　敏　特殊防諜班　聖域炎上
今野　敏　特殊防諜班　最終特命
今野　敏　茶室殺人伝説
今野　敏　奏者水滸伝　白の暗殺教団
今野　敏　フェイク〈疑惑〉
今野　敏　同　期
今野　敏　欠　落
今野　敏　変　幻
今野　敏　警視庁FC
今野　敏　継続捜査ゼミ
今野　敏　蓬　莱〈新装版〉
今野　敏　イコン〈新装版〉
後藤正治　天　人〈深代惇郎と新聞の時代〉
幸田　文　崩　れ
幸田　文　台所のおと
幸田　文　季節のかたみ
小池真理子　冬の伽藍
小池真理子　ノスタルジア
小池真理子　夏の吐息
小池真理子　千日のマリア
幸田真音　日本国債(上)(下)〈改訂最新版〉
五味太郎　大人問題
鴻上尚史　あなたの思いを伝える表現力のレッスン
鴻上尚史　ちょっとした魅力を演出するヒント
鴻上尚史　八月の犬は二度吠える
鴻上尚史　鴻上尚史の俳優入門
鴻上尚史　青空に飛ぶ
小泉武夫　納豆の快楽
近藤史人　藤田嗣治「異邦人」の生涯
小前　亮　李《り》世《せい》民《みん》
小前　亮　趙《ちょう》匡《きょう》胤《いん》〈宋の太祖〉
小前　亮　朱元璋　皇帝の貌《かお》
小前　亮　覇《は》帝《てい》フビライ〈世界支配の野望〉
小前　亮　唐　玄　宗　紀
小前　亮　賢帝と逆臣と〈康熙《こうき》帝《てい》と三藩の乱〉
小前　亮　始皇帝の永遠〈天下一統〉
香月日輪　妖怪アパートの幽雅な日常①
香月日輪　妖怪アパートの幽雅な日常②
香月日輪　妖怪アパートの幽雅な日常③
香月日輪　妖怪アパートの幽雅な日常④
香月日輪　妖怪アパートの幽雅な日常⑤
香月日輪　妖怪アパートの幽雅な日常⑥
香月日輪　妖怪アパートの幽雅な日常⑦
香月日輪　妖怪アパートの幽雅な日常⑧
香月日輪　妖怪アパートの幽雅な日常⑨
香月日輪　妖怪アパートの幽雅な日常⑩
香月日輪　妖怪アパートの幽雅な食卓〈るり子さんのお料理日記〉
香月日輪　妖怪アパートの幽雅な人々〈妖アパミニガイド〉
香月日輪　妖怪アパートの幽雅な日常〈ラスベガス外伝〉
香月日輪　大江戸妖怪かわら版①〈異界より落ち来る者あり〉
香月日輪　大江戸妖怪かわら版②〈異界より落ち来る者あり　其之二〉
香月日輪　大江戸妖怪かわら版③〈封印の娘〉
香月日輪　大江戸妖怪かわら版④〈天空の竜宮城〉
香月日輪　大江戸妖怪かわら版⑤〈雀、大浪花に行く〉
香月日輪　大江戸妖怪かわら版⑥〈魔狼、月に吠える〉
香月日輪　大江戸妖怪かわら版⑦〈大江戸散歩〉

講談社文庫　目録

椎名　誠　〈にっぽん・海風魚旅5〉南シナ海ドラゴン編
椎名　誠　風のまつり
椎名　誠　ナマコ
椎名　誠　埠頭三角暗闇市場
島田雅彦　悪貨
島田雅彦　虚人の星
真保裕一　連鎖
真保裕一　取引
真保裕一　震源
真保裕一　盗聴
真保裕一　朽ちた樹々の枝の下で
真保裕一　奪取　(上)(下)
真保裕一　防壁
真保裕一　密告
真保裕一　黄金の島　(上)(下)
真保裕一　発火点
真保裕一　夢の工房
真保裕一　灰色の北壁
真保裕一　覇王の番人　(上)(下)

真保裕一　デパートへ行こう！
真保裕一　アマルフィ　〈外交官シリーズ〉
真保裕一　ダイスをころがせ！　(上)(下)
真保裕一　天魔ゆく空　(上)(下)
真保裕一　ローカル線で行こう！
真保裕一　遊園地に行こう！
真保裕一　オリンピックへ行こう！
篠田節子　弥勒
篠田節子　転生
篠田節子　竜と流木
重松　清　定年ゴジラ
重松　清　半パン・デイズ
重松　清　流星ワゴン
重松　清　ニッポンの単身赴任
重松　清　愛妻日記
重松　清　青春夜明け前
重松　清　カシオペアの丘で　(上)(下)
重松　清　永遠《とわ》を旅する者　〈ロストオデッセイ　千年の夢〉
重松　清　かあちゃん

重松　清　十字架
重松　清　峠うどん物語　(上)(下)
重松　清　希望ヶ丘の人びと　(上)(下)
重松　清　赤ヘル1975
重松　清　なぎさの媚薬　(上)(下)
重松　清　さすらい猫ノアの伝説
重松　清　ルビィ
柴田よしき　ドント・ストップ・ザ・ダンス
新野剛志　八月のマルクス
新野剛志　美しい家
新野剛志　明日の色
殊能将之　ハサミ男
殊能将之　鏡の中は日曜日
殊能将之　キマイラの新しい城
殊能将之　子どもの王様
首藤瓜於　脳男
首藤瓜於　事故係生稲昇太の多感
島本理生　シルエット
島本理生　リトル・バイ・リトル

講談社文庫　目録

杉山文野　ダブルハッピネス
諏訪哲史　アサッテの人
菅野雪虫　天山の巫女《みこ》ソニン(1)　黄金の燕
菅野雪虫　天山の巫女《みこ》ソニン(2)　海の孔雀
菅野雪虫　天山の巫女《みこ》ソニン(3)　朱鳥《あけがらす》の星
菅野雪虫　天山の巫女《みこ》ソニン(4)　夢の白鷺
菅野雪虫　天山の巫女《みこ》ソニン(5)　大地の翼
鈴木大介　ギャングース・ファイル〈家のない少年たち〉
鈴木みき　日帰り登山のススメ〈あした、山へ行こう！〉
瀬戸内寂聴　新寂庵説法　愛なくば
瀬戸内寂聴　人が好き［私の履歴書］
瀬戸内寂聴　白　道
瀬戸内寂聴　寂聴相談室 人生道しるべ
瀬戸内寂聴　瀬戸内寂聴の源氏物語
瀬戸内寂聴　愛する能力
瀬戸内寂聴　藤　壺
瀬戸内寂聴　生きることは愛すること
瀬戸内寂聴　寂聴と読む源氏物語
瀬戸内寂聴　月の輪草子

瀬戸内寂聴　新装版 寂庵説法
瀬戸内寂聴　死に支度
瀬戸内寂聴　新装版 蜜と毒
瀬戸内寂聴　新装版 花《か》怨《えん》
瀬戸内寂聴　新装版 祇《ぎ》園女御《おんにょうご》(上)(下)
瀬戸内寂聴　新装版 かの子撩乱
瀬戸内寂聴　新装版 京まんだら(上)(下)
瀬戸内寂聴・訳　源氏物語　巻《まき》一《いち》
瀬戸内寂聴・訳　源氏物語　巻《まき》二《に》
瀬戸内寂聴・訳　源氏物語　巻《まき》三《さん》
瀬戸内寂聴・訳　源氏物語　巻《まき》四《し》
瀬戸内寂聴・訳　源氏物語　巻《まき》五《ご》
瀬戸内寂聴・訳　源氏物語　巻《まき》六《ろく》
瀬戸内寂聴・訳　源氏物語　巻《まき》七《しち》
瀬戸内寂聴・訳　源氏物語　巻《まき》八《はち》
瀬戸内寂聴・訳　源氏物語　巻《まき》九《く》
瀬戸内寂聴・訳　源氏物語　巻《まき》十《じゅう》
先崎　学　先崎 学の実況！盤外戦
妹尾河童　少年H(上)(下)

瀬尾まいこ　幸福な食卓
関原健夫　がん六回　人生全快
瀬川晶司　泣き虫しょったんの奇跡 完全版〈サラリーマンから将棋のプロへ〉
瀬名秀明　月と太陽
仙川　環《たまき》　幸福の劇薬〈医者探偵・宇賀神晃〉
仙川　環　偽装診療〈医者探偵・宇賀神晃〉
瀬木比呂志　黒い巨塔〈最高裁判所〉
瀬那和章　今日も君は、約束の旅に出る
曽野綾子　新装版 無名碑(上)(下)
三浦朱門 曽野綾子　夫婦のルール
蘇部健一　六枚のとんかつ
蘇部健一　六とん2
蘇部健一　届かぬ想い
曽根圭介　沈底魚
曽根圭介　藁《わら》にもすがる獣たち
曽根圭介　TATSUMAKI〈特命捜査対策室7係〉
田辺聖子　川柳でんでん太鼓
田辺聖子　ひねくれ一茶
田辺聖子　愛の幻滅(上)(下)

講談社文庫 目録

田辺聖子 うたかた
田辺聖子 春情蛸の足
田辺聖子 蝶花嬉遊図
田辺聖子 言い寄る
田辺聖子 私的生活
田辺聖子 苺をつぶしながら
田辺聖子 不機嫌な恋人
田辺聖子 女の日時計
谷川俊太郎訳 和田誠絵 マザー・グース 全四冊
立花隆 中核VS革マル(上)(下)
立花隆 日本共産党の研究 全三冊
立花隆 青春漂流
滝口康彦 粟田口の狂女〈レジェンド歴史時代小説〉
高杉良 労働貴族
高杉良 広報室沈黙す(上)(下)
高杉良 炎の経営者(上)(下)
高杉良 小説 日本興業銀行 全五冊
高杉良 社長の器
高杉良 その人事に異議あり〈女性広報主任のジレンマ〉

高杉良 人事権!
高杉良 小説消費者金融〈クレジット社会の罠〉
高杉良 小説 新巨大証券(上)(下)
高杉良 局長罷免―小説通産省
高杉良 首魁《しゅかい》の宴《うたげ》〈政官財腐敗の構図〉
高杉良 指名解雇
高杉良 燃ゆるとき
高杉良 挑戦つきることなし〈小説ヤマト運輸〉
高杉良 銀行大合併〈短編小説全集(上)〉
高杉良 エリートの反乱〈短編小説全集(中)〉
高杉良 金融腐蝕列島(上)(下)
高杉良 銀行大統合〈小説みずほFG〉
高杉良 勇気凛々
高杉良 混沌《こんとん》 新・金融腐蝕列島(上)(下)
高杉良 乱気流(上)(下)
高杉良 小説 会社再建
高杉良 小説 ザ・ゼネコン
高杉良 新装版 懲戒解雇
高杉良 新装版 大逆転!〈小説 三菱・第一銀行合併事件〉

高杉良 新装版 バンダルの塔
高杉良 新・燃ゆるとき
高杉良 管理職の本分
高杉良 破戒者たち〈小説・新銀行崩壊〉
高杉良 第四権力〈巨大メディアの罪〉
高杉良 巨大外資銀行
高杉良 最強の経営者〈アサヒビールを再生させた男〉
高杉良 リベンジ〈巨大外資銀行〉
高杉良 新装版 会社蘇生
竹本健治 新装版 匣《はこ》の中の失楽
竹本健治 囲碁殺人事件
竹本健治 将棋殺人事件
竹本健治 トランプ殺人事件
竹本健治 狂い壁 狂い窓
竹本健治 涙《るい》香《こう》迷《めい》宮《きゅう》
竹本健治 新装版 ウロボロスの偽書(上)(下)
竹本健治 ウロボロスの基礎論(上)(下)
竹本健治 ウロボロスの純正音律(上)(下)
高橋源一郎 日本文学盛衰史

2020年9月15日現在